Début d'une série de documents
en couleur

SCÈNES

ET RÉCITS

PAR

JEAN GRANGE

TOURS

ALFRED MAME ET FILS

ÉDITEURS

Tours. — Imprimerie Mame.

Fin d'une série de documents
en couleur

SCÈNES
ET RÉCITS

4• SÉRIE IN-8•

« J'enfourchai ma monture, et je partis. »

SCÈNES
ET RÉCITS

PAR

JEAN GRANGE

274
98

TOURS

ALFRED MAME ET FILS, ÉDITEURS

—

M DCCC XCVIII

SCÈNES
ET RÉCITS

A TROMPEUR TROMPEUR ET DEMI

PROVERBE[1]

PERSONNAGES

M. CLÉMENTIN, professeur de troisième au lycée de X...
LOUIS,
VICTOR,
PHILIPPE,
LÉON, } élèves de troisième.
AUGUSTE,
PAUL,

AUTRES ÉLÈVES APPARTENANT A LA MÊME CLASSE

SCÈNE I

M. CLÉMENTIN, PHILIPPE

(*Le théâtre représente une salle de classe avec une chaire dans laquelle est assis le professeur. Les élèves, rangés sur des bancs, écrivent sur des pupitres.*)

M. CLÉMENTIN. — Je ne vous le cache pas, messieurs, dans cette dictée de cent lignes j'ai accumulé, à dessein et à plaisir, les difficultés. Les participes présents et les par-

---

[1] Les proverbes que M. Jean Grange donne de temps en temps à l'*Ouvrier* ont été remarqués et goûtés. On ne leur a trouvé qu'un seul défaut : leur brièveté. De plusieurs points est arrivée à notre collaborateur la prière de composer des proverbes assez longs pour pouvoir être

ticipes passés y reviennent fréquemment; les verbes irréguliers abondent; cinq ou six phrases sont incorrectes, non
pas de cette incorrection grossière que tout le monde saisit,
mais d'une incorrection fine et voilée, accessible seulement à ceux qui savent leur langue; j'ai semé çà et là mon
texte de termes impropres qu'il vous faudra remplacer par
les mots propres et pertinents. Bref, le prix d'orthographe
dépend de cette composition extraordinaire. *Macte animo,
generose puer.* Courage, jeunesse généreuse, et montrez,
en me rendant mon texte corrigé et orthographié selon
toutes les règles de l'art, que vous êtes non des écoliers
des classes primaires, mais les élèves d'un lycée brillant,
parvenus à la première classe des humanités, *Litteræ hu-
maniores.*

PHILIPPE. — Est-ce que vous exigez la ponctuation, monsieur Clémentin?

M. CLÉMENTIN. — Sans doute. Quelle question saugrenue
me faites-vous là! La ponctuation est essentielle, et plus
que jamais il faut y tenir. On ne sait plus ponctuer en
France! Je suis sûr qu'il y a des hommes de lettres et des
auteurs célèbres qui sont incapables de distinguer les deux
points du point et virgule. Si Dieu me prête vie, je compte
employer les loisirs de ma vieillesse à composer en latin un
traité *De punctuatione*, De la ponctuation. J'y démontrerai
que la ponctuation touche à la logique, à l'éloquence et à la
morale.

PHILIPPE. — Oh! monsieur Clémentin!

M. CLÉMENTIN. — Ne dites pas oh! jeune homme : ce
que j'avance là est la vérité même. Oui, l'art de raisonner
se confond avec l'art de ponctuer. Celui qui ne sait pas
joindre ou disjoindre sa phrase au moyen de la virgule,
du point et virgule, des deux points et du point, celui-là
ne saura ni lier ni coudre ensemble ses idées. Mais vous
êtes trop jeunes pour comprendre ces mystères de la
logique.

Quant à l'éloquence, sachez que le débit oratoire n'est
qu'une ponctuation parlée. Démosthène, Cicéron, Bossuet,

joués. M. Jean Grange, accédant à ce vœu, vient d'écrire : A TROMPEUR
TROMPEUR ET DEMI, une bluette charmante qui fera passer une demi-heure
très agréable dans toutes les maisons de jeunes gens, de collégiens et
d'écoliers où elle sera jouée.

Mirabeau, Berryer, Lacordaire, étaient éloquents parce qu'ils ponctuaient admirablement leur parole.

PHILIPPE. — Et la morale, monsieur Clémentin, comment touche-t-elle à la ponctuation?

M. CLÉMENTIN. — Elle y touche par plusieurs côtés. Ne dit-on pas tous les jours de quelqu'un qui est laborieux, exact et assidu : Cet homme est ponctuel? Et qu'est-ce qu'être ponctuel, si ce n'est connaître la ponctuation? Voilà

M. Clémentin.

assez pour vos intelligences juvéniles. Vous verrez un jour ces idées élucidées, expliquées et développées méthodiquement dans mon traité *De punctuatione*. Vous avez encore un quart d'heure.

> Hâtez-vous lentement, et, sans perdre courage,
> Vingt fois sur le métier remettez votre ouvrage;
> Polissez-le sans cesse et le repolissez;
> Ajoutez quelquefois et souvent effacez.

Ou plus brièvement, comme le dit Horace : *Sæpe stylum vertas.*

1*

LÉON. — Monsieur Clémentin, les taches d'encre ou chapons comptent-elles pour des fautes?

M. CLÉMENTIN. — Non, à moins qu'elles n'empêchent de lire le texte. Il en est ainsi des ratures, que je vous conseille pourtant d'éviter. Ce n'est pas une page de calligraphie qui vous est demandée ; c'est une dictée sérieuse. Allons! travaillez.

(Les élèves écrivent.)
(Au bout de quelques instants, M. Clémentin
tire sa montre.)

M. CLÉMENTIN. — Voici la fin de la classe arrivée. Que ceux dont la copie est achevée me la remettent. Les autres peuvent, s'ils le désirent, rester ici pendant le temps de la récréation. Je vous verrais avec plaisir profiter tous de cette faveur. Je vous le répète, la dictée est hérissée de difficultés. Par exemple, ceux qui resteront ici se passeront de goûter. On ne peut pas en même temps travailler et manger. D'ailleurs il y a eu des abus, et M. l'économe, d'accord avec M. le proviseur, a réglé que la collation ne pourrait être prise et mangée que dans les salles de récréation. Décidez-vous.

PHILIPPE. — C'est tout décidé. Ventre affamé n'a pas d'oreilles. L'orthographe a son prix, mais la santé passe avant. *(Il remet sa copie à M. Clémentin; les autres élèves en font autant, à l'exception de Louis, Victor, Léon, Auguste et Paul.)*

PHILIPPE, *s'en allant.* — Bon courage, messieurs les piocheurs. *Polissez-le sans cesse et le repolissez.*

(Les élèves sortent ainsi que M. Clémentin, qui marche le dernier et ferme la porte.)

SCÈNE II

LOUIS, VICTOR, LÉON, AUGUSTE ET PAUL

PAUL. — Il est heureux que Philippe soit parti ; il n'y a pas moyen de travailler en compagnie de ce bavard.

VICTOR, *appuyant sur les mots*. — Et nous sommes ici pour travailler.

(*Ils écrivent tous.*)

LÉON, *au bout de quelques minutes*. — Que de verbes irréguliers! Je crois, le bon Dieu me pardonne! que M. Clémentin en a glissé deux ou trois qui ne se trouvent pas dans le dictionnaire.

AUGUSTE. — A propos de verbes irréguliers, connaissez-vous l'histoire de l'Anglais et du verbe dormir?

LÉON. — Non, conte-nous ça.

AUGUSTE. · Voilà. Un Anglais demandait un jour à un loustic s'il y avait dans la langue française beaucoup de verbes irréguliers.

· Assez peu, répondit le loustic; mais, par exemple, ceux qui sont irréguliers le sont pour tout de bon. De ce nombre est le verbe dormir.

·· Dormir, dit l'Anglais, voudriez-vous faire le plaisir à moi de *conjiouguer* ce verbe?

— C'est facile, dit le loustic.

> Je dors.
> Tu pionces.
> Il roupille.
> Nous sommes sur le flanc.
> Vous ronflez.
> Ils tapent de l'œil.

— Aoh! dit l'Anglais, c'est, en effet, *irréguioulier*, biaucoup *irréguioulier*. Voulez-vous répéter à moi?

— Très volontiers.

> Je dors.
> Tu pionces.
> Il roupille.
> Nous sommes sur le flanc.
> Vous ronflez.
> Ils tapent de l'œil.

— Aoh! dit l'Anglais, c'est trop *irréguioulier*, je renonce à *conjiouguer* ce verbe-là.

LÉON. — Eh bien! cet Anglais n'avait pas un désir aussi tenace d'apprendre le français qu'un certain Brown, son compatriote. Ce Brown se touvait dans un café, un offi-

cier français qui s'y trouvait aussi dit par hasard : Je bois.
Aussitôt voilà mon Anglais qui se met à dire :

Je bois.	Je buvais.
Tu bois.	Tu buvais.
Il boit.	Il buvait.
Nous buvons.	Nous buvions.
Vous buvez.	Vous buviez.
Ils boivent.	Ils buvaient.

— Monsieur, dit l'officier français, vous m'insultez.

— J'insulte, dit l'Anglais.	J'insultais.
Tu insultes.	Tu insultais.
Il insulte.	Il insultait.
Nous insultons.	Nous insultions.
Vous insultez.	Vous insultiez.
Ils insultent.	Ils insultaient.

— Sortons, monsieur, dit l'officier.

     — Je sors, dit l'Anglais.
     Tu sors.
     Il sort.
     Nous sortons.
     Vous sortez.
     Ils sortent.

L'officier, persuadé que Brown se moque de lui, lui propose un duel ; l'Anglais accepte, et on va sur le terrain. Il est décidé qu'on se battra à l'épée.

« Messieurs, dit un des témoins, tirez les épées au sort.

     — Je tire, dit l'Anglais.
     Tu tires.
     Il tire.
     Nous tirons.
     Vous tirez.
     Ils tirent.

— Finissons-en ! s'écrie l'officier furieux en se mettant en garde.

— Je finis, dit l'Anglais.	Nous finissons.
Tu finis.	Vous finissez.
Il finit.	Ils finissent.

Je finissais,	Nous finissions.
Tu finissais.	Vous finissiez.
Il finissait.	Ils finissaient.

J'ai fini... »

Il allait continuer, lorsqu'un coup d'épée porté en pleine poitrine le fit finir pour tout de bon.

Le chirurgien, s'approchant, déclara que la plaie n'était pas tout à fait mortelle ; le blessé en serait quitte pour quatre à cinq mois de soins.

« Monsieur, dit l'officier, me direz-vous maintenant pourquoi vous m'insultiez ?

— Aoh ! dit l'Anglais, moi pas vouloir insulter vous. Moi vouloir *conjiouguer*, parce qu'on a dit à moi falloir *conjiouguer* tous les verbes français que j'entendrais prononcer. »

PAUL. — Tout cela est très bien, mais voici ma composition achevée et parachevée. Je crois que je ne ferais que la gâter en y travaillant davantage. Je vais prendre l'air et profiter du reste de la récréation.

(*Il ferme son pupitre à clef et sort.*)

SCÈNE III

LOUIS, VICTOR, AUGUSTE, LÉON

AUGUSTE. — M. Clémentin avait raison de dire qu'il avait accumulé les difficultés à dessein et à plaisir. Ce n'est pas du français qu'il nous a dicté ; c'est du charabia.

LÉON, *riant*. — Ah ! ah ! ah !

AUGUSTE, *d'un ton piqué*. — Eh bien ! qu'as-tu à rire ?

LÉON. — Ce n'est pas de ta réflexion que je ris, c'est d'une historiette dont elle me fait souvenir.

AUGUSTE. — Voyons l'historiette.

VICTOR. — Permettez, lorsqu'on veut conter des historiettes et des histoires, on s'en va en récréation et on ne reste pas à troubler des gens qui veulent travailler sérieusement.

AUGUSTE. — Ne dirait-on pas qu'il compose un poème destiné à l'immortalité! Bouche-toi les oreilles, si tu ne veux pas entendre. Commence, Léon; nous t'écoutons, Louis et moi.

LÉON. — Un Français, natif du centre de la France, étant allé s'établir à Saint-Pétersbourg pour s'enrichir, y tomba dans la misère. Il fut tout heureux d'entrer comme précepteur chez un riche seigneur russe de passage à Saint-Pétersbourg, mais résidant habituellement dans ses terres, situées sur les confins de la Sibérie. Ce seigneur russe se nommait Soyokoff.

« Je veux, dit Soyokoff, que vous enseigniez à mon fils le français et l'italien.

— C'est facile, » répondit le précepteur.

Trois ans s'écoulèrent pendant lesquels le jeune seigneur fit, paraît-il, des progrès rapides dans le français et l'italien. Les Italiens ne visitent pas aussi souvent que les Polonais les confins de la Sibérie: l'occasion de parler la belle langue du Dante et du Tasse ne se rencontra pas. Un jour pourtant une Italienne, mariée à un prince russe, étant venue dans ces froids parages, Soyokoff saisit aux cheveux cette occasion. Il présenta son fils à la princesse, lui disant que Michalovitch parlait l'italien presque aussi bien que le russe et mieux que le français.

La princesse adressa alors dans sa langue quelques questions au jeune homme, qui lui répondit :

Devinez, copains, en quelle langue répondit l'élève du précepteur français.

VICTOR. — En italien, parbleu! puisqu'on lui parlait dans cette langue et qu'il la savait.

LÉON. — Eh bien! c'est ce qui vous trompe. Le jeune Soyokoff répondit à la princesse en patois d'Auvergne. C'est l'auvergnat que le Français lui avait appris pendant trois ans au lieu et place de l'italien, dont ledit Français ne savait pas le premier mot. Apprendre cette langue où le *fouchtra* résonne lorsqu'on croit apprendre celle *dove il si suona*, c'était dur! Le jeune Soyokoff faisait peine à voir; il s'arrachait des poignées de cheveux blonds. L'infortuné ne pouvait se consoler de s'être assimilé avec tant de peine pendant trois ans le jargon de Saint-Flour et d'Aurillac (prononcez Chin-Flour) au lieu du dialecte classique de Florence et de Rome. Son père, aussi chagrin et plus furieux peut-être, sollicita à Saint-Pétersbourg une lettre de cachet. Il voulait faire condamner le précepteur français aux travaux forcés dans les mines de la Sibérie.

LOUIS. — Je comprends cela.

LÉON. — Heureusement les hautes puissances qui disposent, à Saint-Pétersbourg, des lettres de cachet, rirent tant du tour joué au seigneur russe, qu'elles furent désarmées. Le précepteur français en fut quitte pour une verte réprimande et la défense expresse d'enseigner le patois auvergnat dans l'empire russe.

AUGUSTE. — Assez causé maintenant, piochons.

(*Ils se remettent tous quatre à écrire.*)

LÉON, *après un instant.* — N, i, ni, fini! Puisse la muse de l'orthographe m'être propice! Je pars.

(*Il met sa copie dans son pupitre, qu'il ferme à clef, et se dispose à sortir.*)

AUGUSTE. — Attends-moi un instant, le temps de relire les vingt dernières lignes, nous sortirons ensemble.

(*Ils sortent au bout de quelques minutes.*)

SCÈNE IV

LOUIS, VICTOR

(*Victor est placé à gauche et presque au fond du théâtre, le visage à moitié tourné vers la coulisse. — Louis est assis sur le devant du théâtre et en face du public.*)

VICTOR. — Enfin! on va pouvoir travailler!

(*Il relit sa copie avec la plus grande attention.*)

LOUIS, *à part, mais de façon à être bien entendu du public.* — Il s'agit de m'appliquer pour tout de bon. Ce Victor a fait en orthographe des progrès surprenants. Qui m'eût dit au commencement de l'année que ses dictées vaudraient les miennes? C'est pourtant ce qui arrive. Dans les deux dernières compositions doubles, nous avons obtenu ex æquo la première place.

La Fontaine a raison :

L'or se peut partager, mais non pas la louange.

Il faut que le premier prix d'orthographe, ou plutôt de français, soit à moi tout seul, entendez-vous, monsieur Victor? Cela dépend de la composition d'aujourd'hui. M. Clémentin me l'a donné suffisamment à entendre. Il paraît que dans la dernière composition d'orthographe nous avons eu, Victor et moi, le même nombre de fautes. Et ce qu'il y a d'étrange, c'est que ces fautes tombaient sur les mêmes mots.

— C'était à croire, m'a dit M. Clémentin, que l'un de vous avait copié sur l'autre.

(*En réfléchissant.*)

Au fait, Victor n'est pas la loyauté en personne. Je me rappelle que la dernière fois, étant restés tous les deux seuls, comme aujourd'hui, je sortis pendant cinq minutes environ, laissant ma copie sur mon pupitre. Qui me dit que Victor n'a pas profité de mon absence? Si je croyais cela! Ces progrès si rapides en orthographe ne sont pas naturels. On ne m'ôtera pas de l'esprit qu'il y a là-dessous quelque chose de louche.

(*Après avoir réfléchi un instant.*)

A trompeur trompeur et demi; nous allons rire!

(*Haut et s'adressant à Victor.*)

C'est étonnant comme j'ai envie de dormir! Combien y a-t-il jusqu'à la récréation, Victor?

VICTOR. — Vingt bonnes minutes.

LOUIS. — Alors je dors, je pionce, je roupille, je tape de l'œil un instant.

VICTOR. — Ronfle si le cœur t'en dit. (*A part.*) Ah çà! est-ce qu'il ne sortira pas?

LOUIS. — C'est décidé, je vais faire un petit somme. N'oublie pas de me réveiller dans dix minutes, et plus tôt si tu entends venir M. Clémentin.

VICTOR. — Sois sans inquiétude et dors du sommeil du juste.

(*Louis appuie les bras sur son pupitre et la tête sur ses bras, dans l'attitude d'un homme qui s'arrange pour dormir.*

Au bout d'un instant, il respire de la façon de quelqu'un qui dort véritablement.)

VICTOR, *à mi-voix.* — Comme dit Virgile : *Dolus an virtus quis in hoste requirat.* Force ou ruse, tout est permis contre l'adversaire. Ulysse et Diomède profitèrent bien du sommeil dans lequel les Troyens étaient plongés pour enlever les chevaux de Rhésus !

(Il s'approche à pas de loup du dormeur, avec un papier et un crayon à la main, jette les yeux sur la copie de Louis et prend des notes.)

(A mi-voix.)

— Quel dommage qu'on ne puisse voir que le tiers du papier ! Voici toujours trente lignes bien corrigées.

On entend du dehors une voix d'écolier qui crie :

— Ohé ! les piocheurs ! bon courage et soignez la ponctuation : *De ponctuatione.*

Une autre voix :

— Polissez-le sans cesse et le repolissez.

Troisième voix :

— Premier prix de français *ex æquo*, MM. Louis Durand et Victor Morin.

(Une pelote est lancée sur le théâtre.)

(Dès les premières paroles venues du dehors, Victor est retourné vivement à sa place.)

(Louis se réveille au bruit que fait la pelote, qui l'atteint légèrement.)

LOUIS, *s'éveillant et s'étirant les bras.* — Combien ai-je dormi, Victor ?

VICTOR. — Cinq minutes à peine.

LOUIS. — Eh bien ! c'est étonnant, cela m'a délassé. Je vais relire de nouveau ma copie (*à mi-voix, mais en regardant le public de façon à être bien entendu de lui*), en l'émaillant, à son intention, de quatre jolies fautes.

(Il écrit un instant. Après il dit :

— Tiens, voilà maintenant la soif qui me prend. Je vais boire et je reviens.

(Il sort en mettant sa copie dans l'intérieur de son pupitre,

dont il laisse retomber le couvercle, sans le fermer au-
trement. Victor, dès que Louis est sorti, court au pu-
pitre, lit la copie de son camarade, prend vivement des
notes et retourne à sa place. A peine y est-il, que Louis
rentre. Tous deux travaillent silencieusement et avec
application.)

LOUIS, *à part, mais de façon à être bien entendu du*
public. — Il s'agit maintenant d'effacer de ma copie les
quatre fautes dont Victor n'aura pas manqué d'enrichir la
sienne. Heureusement M. Clémentin a dit que les ratures
étaient tolérées.

(Il écrit à la façon d'un homme qui efface.)

SCÈNE V

LES PRÉCÉDENTS, M. CLÉMENTIN

M. CLÉMENTIN, *entrant.* — Messieurs, il faut me remettre
vos copies. Vous avez eu le temps de les soigner. J'espère
que je vais lire des chefs-d'œuvre. Il est vrai qu'en ces
matières le temps fait peu de chose à l'affaire. On naît lin-
guiste, grammairien, homme d'orthographe et de ponctuation, comme on naît poète et orateur.

LOUIS, *remettant sa copie.* — Voilà.

VICTOR, *relisant la sienne.* — Tout de suite, monsieur
Clémentin, tout de suite.

M. CLÉMENTIN. — Hâtez-vous.

VICTOR *lit à la hâte les dernières lignes de sa copie et remet*
son papier à M. Clémentin. — Voilà.

M. CLÉMENTIN. — *Alea jacta est :* le sort en est jeté.

VICTOR, *d'un ton suppliant.* — Ah ! monsieur Clémentin,
vous seriez bien bon si vous vouliez jeter un coup d'œil
sur ma composition et me dire seulement si elle est un peu
réussie.

M. CLÉMENTIN, *lisant la copie de Victor.* — Hé ! hé ! il
y aura des copies meilleures.

VICTOR. — Il y a donc des fautes ?

M. CLÉMENTIN. — Oui.

VICTOR. — Plusieurs ?

M. CLÉMENTIN. — Oui.

VICTOR. — Ah! mon Dieu! mon Dieu!

LOUIS. — Et la mienne, monsieur Clémentin ?

M. CLÉMENTIN, *lisant la copie de Louis.* — Hé! hé! il y aura des compositions plus mauvaises.

LOUIS. — Y a-t-il des fautes ?

M. CLÉMENTIN. — Il y en a partout, jeune homme, même dans les œuvres du génie: *Errare humanum est.* — *Quas aut incuria fudit, aut humana parum cavit natura.* — C'est égal, je crois que le premier prix de langue française ne sera pas partagé.

(*Il sort.*)

LOUIS, *s'adressant à Victor, qui a un air abattu.* — Mon cher, il faut en prendre ton parti. Ta copie contient au moins quatre fautes, celles que tu as prises sur la mienne. Cela t'apprendra à profiter, pour tromper, du sommeil et de l'absence des gens. A trompeur trompeur et demi !

AUX GRANDES PORTES

LES GRANDS VENTS

PROVERBE

PERSONNAGES

LE VICOMTE DE BEAUVAL.
LOUIS AUBRIER, ami du comte de Beauval.
LA SŒUR SAINT-AUGUSTIN.
JACQUES, fermier de M. de Beauval.
DEUX ADMINISTRATEURS DE L'HOSPICE DE LA PETITE VILLE
DE BEAUVAL.
UN DOMESTIQUE.

La scène représente un salon de l'hôtel de M. de Beauval.

SCÈNE I

LOUIS AUBRIER

LOUIS AUBRIER. — Quelque plaisir que j'aie à passer une journée avec le vicomte, que je n'avais pas vu depuis six mois, je n'aurais pas quitté Paris et fait vingt lieues si j'avais cru échouer de la sorte. Ce pauvre Carcel va être d'autant plus surpris et affligé, que je lui avais donné l'as-

surance morale d'un succès. Pouvais-je soupçonner que
M. de Beauval me refuserait? Qui achètera ce tableau de
Carcel si ce n'est pas un grand seigneur, le plus riche et le
plus généreux habitant de la ville natale de l'artiste? Et notez
que ce tableau est un chef-d'œuvre.

« Gardez-moi cette toile, m'a dit Exavier, le célèbre marchand de tableaux de la rue Vivienne; dans quatre à cinq
ans je la couvrirai d'or. »

En attendant, il refuse d'en donner huit cents francs.
C'est son droit ; mais un vicomte dont les ancêtres étaient
aux croisades ne doit pas calculer comme un boutiquier
parisien. Qu'est-ce que huit cents frans pour un homme
qui a quarante mille francs de revenu? Moi qui ne suis ni
noble, ni riche, ni compatriote de Carcel, j'ai acheté à ce
pauvre artiste un paysage que je suis obligé de garder
roulé parce que je n'aime que les très beaux cadres et
que les très beaux cadres coûtent cher, et aussi parce que
mon appartement est trop petit. Le vicomte a beau me dire
qu'il a des charges que je ne soupçonne pas, on satisfait
à bien des charges avec quarante mille francs de rentes.
Il ne faut pas que les nobles s'étonnent si la démocratie
les traite comme de simples bourgeois ; pourquoi ont-ils
toutes les petites vertus bourgeoises, à commencer par
l'économie?

SCÈNE II

LE PRÉCÉDENT, M. DE BEAUVAL
SŒUR SAINT-AUGUSTIN

M. DE BEAUVAL *à la religieuse*. — Donnez-vous, je vous
prie, la peine d'entrer, ma sœur. Vous allez trouver au
salon un de mes amis de Paris, grand protecteur des arts
et grand connaisseur de tableaux, qui vous donnera les
meilleurs conseils pour la décoration de votre chapelle.

SŒUR SAINT-AUGUSTIN. — Hélas ! nous n'en sommes pas
là, monsieur le vicomte. Avant de décorer notre chapelle,
il faut commencer par donner un abri et du pain à nos
orphelins. Naturellement notre mère a pensé à vous pour

former la tête de la souscription. (*Elle ouvre un calepin.*)
Voyez, la page est blanche, vous serez le premier de la
liste.

M. DE BEAUVAL. — Veuillez m'inscrire pour trois cents
francs, que je vous enverrai dans la journée.

SŒUR SAINT-AUGUSTIN. — Merci, monsieur le vicomte.

LOUIS AUBRIER. — Permettez-moi, ma sœur, de vous
donner mon obole.

(*Il lui donne un louis de dix francs.*)

SŒUR SAINT-AUGUSTIN. — Merci mille fois, monsieur.
Et maintenant, messieurs, permettez-moi de continuer ma
course et ma quête.

(*Elle salue et sort.*)

SCÈNE III

LES PRÉCÉDENTS, JACQUES, UN DOMESTIQUE

LE DOMESTIQUE. — Jacques est ici qui demande à parler
à M. le vicomte.

M. DE BEAUVAL. — Faites-le entrer. Vous permettez,
Aubrier ? (*A Jacques qui entre.*) Asseyez-vous. Vous avez
donc été grêlé ?

JACQUES. — Grêlé n'est pas assez dire ; j'ai été haché,
pulvérisé. Aussi suis-je ruiné et perdu pour le reste de
mes jours.

M. DE BEAUVAL. — N'exagérez pas, Jacques ; la grêle,
grâce à Dieu, n'a pas atteint vos fourrages, qui étaient en
abondance. Vous ferez, m'a dit mon régisseur, un profit
sur les bestiaux qui vous dédommagera presque de la perte
de vos moissons.

JACQUES. — Je puis assurer à monsieur le vicomte que
son régisseur se trompe. Les moissons sont presque tout
dans la ferme des Rochers. Lorsqu'elles manquent, impossible de trouver le prix du fermage. Les gains prove-
nant de la vente des bestiaux suffisent à peine à payer les
domestiques.

M. DE BEAUVAL. — Vous ne parliez pas ainsi il y a deux

ans, quand la maladie se mit dans vos étables. Vous prétendiez alors que la moisson était peu de chose aux Rochers, dont le bétail faisait la principale richesse.

JACQUES. — Que monsieur le vicomte m'excuse ; je m'embrouille peut-être un peu. Ce qui est sûr, c'est que je suis un homme ruiné.

M. DE BEAUVAL. — Voilà que vous recommencez votre refrain. On n'est pas ruiné parce qu'on a éprouvé quelques pertes. La preuve que le bail des Rochers est malgré tout avantageux, c'est que vous ne voulez pas le résilier. En définitive, vous demandez une diminution sur le prix du fermage de cette année, n'est-ce pas ?

JACQUES. — Oui, monsieur le vicomte.

M. DE BEAUVAL. — Il fallait le dire tout de suite, au lieu de vous épuiser en lamentations. Je vous rabats cinq cents francs. Maintenant faites-moi le plaisir de vous charger d'une petite somme de cent francs, que vous partagerez entre Robin et Lemot, dont la tempête a démoli, m'a-t-on dit, les chaumières.

JACQUES. — Merci pour moi et pour ces pauvres gens, monsieur le vicomte ; Robin et Lemot sont, en effet, bien misérables.

M. AUBRIER. — Remettez-leur aussi ces dix francs de ma part.

(*Jacques salue profondément et se retire.*)

SCÈNE IV

LES PRÉCÉDENTS

UN DOMESTIQUE, *annonçant.* — Messieurs les administrateurs de l'hospice.

M. DE BEAUVAL *aux administrateurs.* — Soyez les bienvenus, messieurs ; c'est sans doute la quête annuelle qui me vaut le plaisir de vous voir ?

PREMIER ADMINISTRATEUR. — Hélas ! oui.

M. DE BEAUVAL. — Ne vous excusez pas. Qu'est-ce qu'un peu d'argent que nous vous donnons en comparaison du

temps et du dévouement que vous prodiguez? Je regrette
beaucoup que mes charges m'obligent à ne pas dépasser le
chiffre de ma souscription de l'année dernière.

SECOND ADMINISTRATEUR. — Huit cents francs! le chiffre
est assez beau, monsieur le vicomte, pour que nous vous
soyons très reconnaissants de nous permettre de l'inscrire
de nouveau. Plût à Dieu que tout le monde donnât, comme
vous, dans la mesure de sa fortune! Malheureusement on
croit que l'hospice ne regarde que les gens très riches.
Vous ne sauriez croire le nombre de citoyens aisés qui se
désintéressent de toutes les œuvres charitables. Si vous ne
pouvez donner que dix francs, ne donnez que dix francs,
mais donnez-les. Nous accueillons les moindres offrandes,
surtout lorsqu'elles viennent des personnes étrangères à
notre ville.

M. AUBRIER, *à part*. — C'est pour moi. (*Haut.*) Vous
m'encouragez, messieurs, à vous offrir mon obole.

(*Il remet dix francs à un des administrateurs. — Ces
messieurs saluent et sortent.*)

SCÈNE V

M. DE BEAUVAL, M. AUBRIER

M. DE BEAUVAL. — Avec toutes ces visites, l'heure de
partir est presque sonnée. Vous obstinez-vous à vouloir
partir aujourd'hui?

M. AUBRIER. — Certainement. A force de donner de petits
louis de dix francs aux quêteurs et quêteuses qui viennent
chez vous, je finirais par ne plus avoir l'argent de mon
voyage.

M. DE BEAUVAL, *souriant*. — Ce n'est rien. Venez me
voir pendant l'automne, vous verrez quelle averse de souscriptions, de quêtes et de loteries pleuvent ici. Je vous
laisse à vos derniers préparatifs et vais donner l'ordre d'at-
teler.

(*Il sort.*)

SCÈNE VI

M. AUBRIER

M. AUBRIER, *calculant de tête*. — Trois cents francs à
sœur Saint-Augustin, plus cinq cents francs au fermier,
plus cent francs à Robin et à Lemot, plus huit cents francs
à l'hospice; total : dix-sept cent francs. C'est fort joli pour
une journée. Je m'explique maintenant que le vicomte ait
refusé d'acheter le tableau de Carcel en alléguant ses
charges. Le proverbe a raison : « Aux grandes portes les
grands vents. »

SOUVENIRS D'UN MÉDECIN

Personne, me dit le docteur Xavier, ne doutait à Z...
que le professeur Maréchal ne fût arrivé au sommet de
l'enseignement médical s'il s'était fixé à Paris au lieu de
s'établir dans une ville du second ordre. Le docteur Maréchal réunissait trois talents, dont un seul suffit à illustrer
un médecin : il avait l'habileté pratique, l'érudition et
l'éloquence. Je l'ai vu, dans le même jour, faire avec
succès une opération difficile, disserter savamment sur
une théorie médicale, et s'élever, dans un magnifique langage, aux plus hautes considérations physiologiques et
philosophiques.

Le cœur valait l'intelligence. Ses clients devenaient tous
ses amis. Après soixante ans, et parvenu à tous les honneurs que peut donner en province la profession de médecin, il se levait à minuit pour aller visiter un paysan
ou une servante. Que de fois il lui arriva de glisser avec
l'ordonnance la pièce d'argent que l'ordonnance coûtait
chez le pharmacien! Il réalisait ce vieil adage : « Le médecin guérit quelquefois, soulage souvent, et console toujours. »

Nous étions vingt élèves qui suivions son cours de
pathologie. Quand nous aurions été ses fils, il ne nous eût
pas montré plus de bonté et de dévouement. Il aiguillon-
nait les paresseux, encourageait les timides, consolait les

obtus, et remettait dans le droit sentier, par ses conseils aussi fermes qu'affectueux, les têtes légères dont il avait appris les équipées. Plus de cent médecins, à ma connaissance, lui doivent la position qu'ils occupent.

L'école de médecine à Z... avait pour directeur un vieux médecin, porté à ce poste par l'intrigue plus que par le mérite. Ce bonhomme se piquait de voltairianisme, de matérialisme, d'athéisme et d'autres infirmités. Le docteur Maréchal ne se gênait pas pour flétrir à l'occasion ces funestes doctrines.

« Un médecin matérialiste, disait-il, n'est pas un vrai médecin ; c'est un vétérinaire. »

Il aimait à répéter ces mots d'Ambroise Paré : « Je le pansai, Dieu le guérit. »

Quoique religieux, le docteur Maréchal ne passait pas pour un dévot ; aussi ses vingt élèves furent-ils surpris d'un événement survenu pendant un des cours du maître.

Le professeur était un jour en chaire et parlait avec son animation habituelle, lorsque le petit Grosbois, mon voisin de droite, me poussa du coude en me disant à l'oreille :

« Xavier, regarde donc la drôle de chose que M. Maréchal a autour du cou. »

Je regardai du côté qui m'était indiqué, mais sans rien apercevoir de distinct à cause de ma myopie.

Les autres élèves furent plus heureux que moi ; car les sourires et les chuchotements commencèrent à circuler dans notre petit groupe.

Évidemment il devait y avoir quelque chose. Je ne tardai pas à être fixé, grâce au lorgnon du gros Robert, qui arriva jusqu'à moi en passant de main en main.

Un morceau de drap brun retenu par un galon gris sortait derrière le collet de l'habit du professeur et débordait sur le gilet.

« Quelle singulière cravate ! me dit à voix basse Grosbois.

— Ce n'est pas une cravate, répliquai-je.

— Qu'est-ce donc ?

— C'est..., ma foi ! c'est un scapulaire.

— Un scapulaire !

— Oui, un scapulaire de la sainte Vierge, comme en portent nos mères et nos sœurs. »

Je n'osais pas ajouter : Comme j'en ai porté un jusqu'à seize ans.

Tous les étudiants ne tardèrent pas à constater l'existence du scapulaire. Les chuchotements et les sourires s'accentuèrent au point de gêner le professeur.

« Chut ! chut ! » dit-il.

Nous essayâmes consciencieusement, mais en vain, de redevenir attentifs et silencieux.

M. Maréchal fut froissé et surpris d'une attitude à laquelle il n'était pas accoutumé, sa parole étant de celles qui captivent un auditoire.

« Messieurs, dit-il, que se passe-t-il donc? Êtes-vous des étudiants en médecine ou des écoliers? »

Nouveaux efforts de notre part pour écouter, nouvel insuccès.

Le professeur allait se fâcher pour tout de bon ; heureusement le gros Robert se dévoua.

« Monsieur Maréchal, dit-il en passant la main autour de son cou, c'est cette chose que vous avez là... »

Le professeur tourna la tête vers son épaule droite et aperçut le petit morceau de drap brun.

« Merci, » dit-il en s'adressant à Robert.

Il ouvrit son gilet, remit sans se hâter le scapulaire à sa place et continua tranquillement son discours.

Deux jours plus tard, Robert, Grosbois et moi, nous nous trouvâmes dans le cabinet du docteur Maréchal.

« Avouez, messieurs, nous dit-il, que vous avez été surpris de me voir porter un scapulaire. »

Robert fit pour lui et ses deux compagnons un de ces légers signes qui veulent dire en tout pays : En effet.

« Je porte cet objet pieux, dit M. Maréchal, depuis ma première communion. Ma mère me fit alors promettre de ne jamais le quitter. Cette promesse était trop sacrée pour que je n'y sois pas resté fidèle. Je dois reconnaître cependant qu'une circonstance extraordinaire n'a pas peu contribué à me faire garder le scapulaire. Écoutez cela, jeunes gens ; vous verrez, comme dit approximativement Shakespeare, qu'il y a en ce monde plus de choses que n'en peut expliquer certaine philosophie.

« On travaillait dur à l'époque de ma jeunesse, et les examinateurs étaient plus sévères que ceux d'aujourd'hui.

J'avais passé tant de nuits à préparer mon examen de troisième année, que je tombai sérieusement malade. Après la période aiguë, on m'envoya me remettre chez un frère de ma mère qui habitait la campagne. J'avais ordre de faire tous les jours à cheval une promenade d'une heure. J'étais un cavalier fort médiocre, pour ne pas dire fort mauvais. Heureusement Bichette, la jument de mon oncle, était si douce, qu'un enfant l'eût conduite. Un jour que la bonne bête se trouva boiteuse, Pierre, le valet d'écurie, me dit :

« — Il vous faudra, monsieur Auguste, vous passer aujourd'hui de promenade ; Jolicœur, le cheval de votre cousin, est trop vif pour vous. »

« Je fus piqué de cette observation, où perçait une pointe de raillerie.

« Pourquoi, me dis-je, ne monterais-je pas un cheval dont Albert se sert tous les jours? Alfred, après tout, a un an de moins que moi. Est-il nécessaire d'être du Jockey-Club pour faire à cheval un tour de promenade sur une route unie et connue?

« J'ordonnai à Pierre de seller Jolicœur; j'enfourchai lestement ma monture, et je partis.

« Tout alla bien pendant environ vingt minutes.

« Maître Pierre, pensai-je, voulait me mystifier; Jolicœur n'est pas plus méchant que Bichette.

« A peine achevais-je cette réflexion, que mon cheval fut effrayé par un paysan qui, armé d'un bâton, franchit soudainement une des haies bordant la route. En un clin d'œil Jolicœur, tournant bride, prit au galop la route de son écurie. Bientôt il ne sentit plus le mors, et je fus obligé de m'accrocher comme je pus au pommeau de la selle pour ne pas vider les arçons. Un de mes éperons, ayant piqué par mégarde Jolicœur, augmenta, s'il était possible, la frayeur de cet animal. Le cheval affolé ne courait plus, il volait.

« Je me rassurai en pensant qu'il s'arrêterait à la porte de l'écurie.

« Malheureusement cette porte se trouvait ouverte.

« Elle était assez basse, et les chevaux, pour entrer ou sortir, n'avaient autre chose que la selle sur le dos. Quelque courte que fût sa taille, quelque petite que fût sa monture, nul cavalier n'aurait osé passer sous cette porte.

« Or c'était vers cette ouverture que j'étais emporté avec une rapidité vertigineuse.

« A peine eus-je le temps de voir l'obstacle vers lequel j'allais me briser le crâne.

« Je recommandai mon âme à Dieu, et, me courbant le plus possible, je fermai les yeux et me collai sur la crinière de mon cheval.

« Lorsque Jolicœur se fut arrêté tout couvert d'écume et tout tremblant dans l'écurie, Pierre accourut. Il m'enleva de cheval plutôt qu'il ne m'aida à descendre. Ma redingote, mon gilet, tous mes autres vêtements de dessous avaient été enlevés sur mon dos par le cintre en pierre de taille de la porte. Le scapulaire était intact, et mon corps n'avait pas une égratignure.

« Mon oncle, mon cousin, les domestiques, tout le village cria au miracle. Je crus moi-même et je crois encore qu'ils avaient raison, et que j'avais été sauvé de la mort par la protection de la sainte Vierge, dont je portais l'habit. Ne vous étonnez donc pas que j'aie toujours gardé le scapulaire. Quelques collègues qui s'en sont aperçus ont souri et même ricané; c'est leur affaire. N'est pas libre penseur qui veut. Je ne voudrais pas me vanter; mais, entre nous, j'ai affronté des épidémies et des contagions devant lesquelles ces messieurs ont tremblé et même un peu reculé. Le scapulaire n'y avait pas nui : souvent il m'est arrivé de le trouver sur la poitrine d'un pauvre malade; je ne l'ai jamais vu sans dire au patient : Moi aussi je suis de la confrérie. Bref, j'aime mon scapulaire, et je ne serais pas tranquille, quelque chose me manquerait si je ne le sentais pas à sa place ordinaire. »

Lorsque le docteur Xavier eut achevé son récit, il ajouta :

« Savez-vous ce que je fis en sortant du cabinet de M. Maréchal ?

— Non.

— Vous n'êtes guère perspicace. J'allai au couvent des carmélites chercher un scapulaire; je le portai au prêtre pour qu'il le bénît, et je le mis à mon cou, où il est toujours resté. Je m'en suis bien trouvé pour l'âme et pour le corps. Comme disait M. Maréchal, n'est pas libre penseur qui veut. Il est difficile de croire en Dieu sans croire en

Jésus-Christ et à la sainte Vierge. De là à porter leur livrée il n'y a guère loin. Plût à Dieu que les symboles et les signes de ralliement de la franc-maçonnerie, de l'internationale et autres confréries du diable fussent remplacés par le scapulaire ! le monde en général, et chaque chrétien en particulier, s'en trouveraient mieux au spirituel et au temporel.

LE CAPITAINE NORBERT

Je n'ai jamais connu, dit le général X..., un militaire aussi parfait que le capitaine Norbert; mes devoirs de colonel eussent été bien simplifiés si tous mes officiers lui avaient ressemblé. Il était la bravoure et la discipline en personne. Sa science dépassait de beaucoup celle qui est nécessaire à son grade. Peu d'officiers généraux d'état-major connaissaient aussi bien que ce capitaine d'infanterie la carte d'Espagne, pays où nous faisions la guerre.

A ces qualités militaires essentielles venait s'ajouter un choix assorti d'autres qualités secondaires, mais très utiles : la franchise, la bonne humeur, l'esprit, la ponctualité, etc.

La compagnie de Norbert était la pépinière des sous-officiers de toute la brigade. Vous n'avez jamais vu des troupiers aussi alertes, aussi disciplinés, aussi braves. Sur un signe de leur capitaine, ils se jetaient partout tête baissée, tant était aveugle la confiance qu'ils avaient dans leur chef. Pour tout dire, ce capitaine de trente ans était de l'étoffe dont on fait les généraux de quarante. J'oubliais une particularité curieuse et édifiante : à une époque où la religion était peu en honneur dans l'armée, Norbert se montrait franchement chrétien. Il était rare qu'il ne me demandât pas chaque dimanche matin la permission de s'absenter une heure, même en marche. Je savais que c'était pour aller entendre la messe dans quelqu'un des nombreux couvents qui se trouvaient sur notre route.

Certain dimanche, je voulus voir si le capitaine ne brûlait pas un grain d'encens à ce respect humain que presque tous les officiers français adoraient alors à deux genoux.

« Où voulez-vous aller, capitaine ? lui dis-je.

— Je veux aller entendre la messe, mon colonel, » répondit-il simplement.

Hélas ! la perfection n'est pas de ce monde : Norbert avait un défaut, pour ne pas dire un vice. Vous ne devineriez jamais quelle tache ternissait ce miroir de toutes les vertus civiles, militaires et chrétiennes.

Quoique jeune et célibataire, Norbert était avare : avare, entendez bien, et non pas économe. Ce ne fut qu'après une longue étude que je me permis de porter ce jugement sur mon subordonné. Dieu m'est témoin que j'essayai longtemps d'expliquer et de justifier de plusieurs manières cet amour de la recette et cette horreur de la dépense.

Peut-être, me disais-je, cette apparente avarice n'est-elle que de l'austérité. J'avais connu à l'armée d'Italie un colonel qui ne vivait que de légumes accommodés au sel. Tel n'était pas le cas de mon capitaine. Quelques repas officiels ou intimes, auxquels je le conviai, me permirent de constater qu'il préférait le vin de Xérès à l'eau pure, et le filet de chevreuil aux *garbanzos*. C'était donc par avarice qu'il dépensait habituellement un franc à son dîner.

Il y a des vices qui coûtent cher à nourrir; le jeu, par exemple. Ne serait-ce pas pour jouer que le capitaine économiserait si strictement? Point du tout. Il me fut facile de me convaincre qu'il ne touchait ni à un dé ni à une carte.

Un jour, je crus avoir trouvé l'explication et l'excuse du défaut du capitaine. Comment ne m'étais-je pas avisé plus tôt de cette idée ? Un homme religieux comme Norbert devait être charitable. Évidemment c'était par une charité héroïque que le capitaine faisait durer son uniforme et se privait du cigare et du petit verre. A la vérité, rien de ses aumônes ne transpirait; mais cela même était une preuve de sa charité. L'Évangile n'a-t-il pas dit que la main gauche doit ignorer ce que donne la main droite ?

Je me promis de saisir la première occasion favorable

2.

pour prendre mon homme en flagrant délit. Cette occasion
ne se fit guère attendre. Le mari de la cantinière de mon
régiment étant venu à mourir, je dus renvoyer en France
sa femme et ses trois enfants, avec les secours assez
maigres accordés par les règlements militaires. Avant ce
départ, j'ouvris en faveur de la veuve une souscription à
la tête de laquelle je m'inscrivis pour cent francs. Tous les
officiers s'empressèrent de mettre leur nom sur la feuille
que je leur envoyai par mon planton. Le plus pauvre sous-
lieutenant voulut donner dix francs. Quant au capitaine
Norbert, il ne rougit pas de s'inscrire pour vingt-cinq
centimes. De ce jour il fut pour le régiment un homme
jugé.

Ce vilain défaut nuisit à l'avancement du capitaine. Il me
fut impossible de n'y pas faire une allusion discrète dans
les notes que je dus fournir sur son compte. Ma note, je l'ai
su plus tard, fut accentuée par le général de brigade.
Le général de division, qui jetait l'argent par les fenêtres,
écrivit que le capitaine Norbert était d'une avarice sordide
et honteuse. Ces renseignements furent cause que Norbert
resta simple capitaine au lieu d'obtenir le grade de chef de
bataillon qui vint à vaquer dans le régiment, et auquel lui
donnaient droit ses services exceptionnels.

Cette leçon l'affligea sans le corriger. Je crois, Dieu me
pardonne! qu'il devint plus avare qu'auparavant.

Au moment de quitter la Catalogne pour entrer dans la
Castille, je reçus ordre de laisser dans une petite place
forte du quatrième ordre, nommée San-Salvador, un capitaine avec cinquante hommes. C'était un petit gouvernement où l'officier le plus brave et le plus consciencieux
pouvait vivre à l'abri de tout danger, et s'enrichir s'il en
avait le goût. Malgré ces avantages, cette sinécure fut refusée
successivement par six capitaines auxquels je l'offris.

C'était pour se battre, me dirent-ils, et non pour s'enrichir qu'ils étaient venus en Espagne.

Le gros Mullois, que ses soldats nommaient *la Tonne*,
tant il était lourd et gras, me déclara qu'il donnerait sa
démission plutôt que de quitter sa compagnie, au moment
où elle allait sérieusement aborder l'ennemi.

« Mais vous ne pourrez pas faire les marches forcées que
nous allons être obligés d'exécuter.

— Je monterai sur les fourgons, répliqua-t-il; c'est d'être lâche et non d'être gras que l'on doit rougir. »

Le petit Laborde, qui toussait continuellement et crachait le sang après la moindre fatigue, parlait de se brûler la cervelle si je l'obligeais à rester en garnison à San-Salvador.

J'étais sur le point de consulter le sort pour désigner mon gouverneur, lorsque Norbert vint me trouver.

« Mon colonel, me dit-il, j'entends dire qu'aucun capitaine du régiment ne veut rester à San-Salvador; si vous y consentiez, j'accepterais ce poste.

— Pour thésauriser, n'est-ce pas ? » répondis-je.

A peine eus-je dit ce mot, que je le regrettai, tant Norbert parut affligé et humilié.

Je pansai comme je pus cette blessure.

« Capitaine, dis-je, votre bravoure est tellement incontestable, que vous ne pouvez pas vous formaliser de la boutade que je viens de lancer en l'air sans y attacher aucune importance. Vous êtes libre après tout d'économiser; moi, je ne le suis pas de me priver des services actifs du meilleur capitaine de mon régiment. »

Le sort consulté désigna le gros Mullois pour gouverneur de San-Salvador, et nous entrâmes en Castille.

Dans un combat que mon régiment eut à soutenir contre trois mille Espagnols et douze cents Anglais, le capitaine Norbert déploya une habileté et un courage qui devaient, nonobstant son avarice, lui faire obtenir le grade de chef de bataillon. Le général, qui le vit au feu, me dit :

« Colonel, n'oubliez pas de me faire souvenir que je dois présenter ce capitaine pour la croix d'officier de la Légion d'honneur. »

Ce n'était pas une bagatelle alors que la rosette d'officier. Il y avait des colonels qui l'attendaient depuis plusieurs années.

L'ennemi était en pleine déroute, le combat était fini, lorsqu'une dernière balle, tirée au hasard, atteignit le capitaine Norbert en pleine poitrine.

Il vécut deux heures, dont il employa la meilleure partie à se confesser, en latin, à un vieux moine espagnol auquel il arracha des larmes.

Sa confession faite, il me fit prier d'aller le voir ; j'y courus.

« Mon colonel, me dit-il, je n'ai plus que quelques
minutes à vivre; permettez-moi de vous prier d'ouvrir,
après ma mort, mon portefeuille, vous y trouverez des
lettres qui vous expliqueront pourquoi j'économisais. Je
vous serais bien reconnaissant si vous vouliez avoir la bonté
de dire à ces messieurs du régiment à quoi tenait l'avarice
du capitaine Norbert. »

Je l'embrassai en lui disant tout ce que mon cœur me
suggérait pour le réconforter et le consoler. Il n'avait guère
besoin de cette pauvre exhortation, ayant depuis longtemps cherché plus haut et en lieu meilleur la consolation
et le réconfort.

Une douzaine de lettres, trouvées dans le portefeuille
du capitaine Norbert, m'apprirent qu'il avait laissé en
France sa vieille mère et quatre neveux orphelins en bas
âge. C'est pour cette famille qu'il économisait si strictement. Mᵐᵉ Norbert et ses quatre petits-enfants touchaient
les deux tiers de la solde du capitaine.

Combien je regrettai mes jugements téméraires et mes
paroles de blâme! Je réparai de mon mieux mes torts, plus
ou moins volontaires, en réhabilitant, devant tous les officiers de mon régiment, la mémoire de Norbert.

« Messieurs, dis-je, cet homme que nous avions pris
pour un avare, était un saint, ou peu s'en faut. Quel est
celui d'entre nous qui se priverait des deux tiers de sa
solde pour des neveux? »

Les bontés dont m'honorait l'excellent maréchal Suchet
me permirent de faire arriver jusqu'à l'empereur une
requête dans laquelle je recommandais la mère et les neveux
du capitaine Norbert. Cette famille fut secourue généreuse-
ment. Deux des neveux de Norbert sont aujourd'hui de riches
et honorables industriels; un troisième est prêtre et missionnaire; le plus jeune est colonel et mon gendre bien-aimé
depuis dix ans.

Il ne faut pas, voyez-vous, messieurs, dit en terminant
le général, se fier aux apparences et prêter à un homme un
vice odieux lorsque cet homme pratique d'ailleurs des vertus
éminentes et incontestables.

Ce qu'on croit le côté faible d'un chrétien peut être souvent son côté fort.

QUI BIENS A, GUERRE A

PROVERBE

PERSONNAGES

M. AUBRIER, rentier.
M. GANDON, négociant.
M. DES MARES, riche propriétaire.
M. ROLAND, avocat général.

Le théâtre représente un salon du château de M. des Mares.

SCÈNE I

M. AUBRIER, M. GANDON

M. GANDON. — Vous figuriez-vous, Aubrier, quelle pouvait être l'étendue des mille hectares de terrain ?

M. AUBRIER. — A peu près.

M. GANDON. — Pas moi. Je ne croyais pas qu'il y eût dans mille hectares tant de terres labourées, tant de prairies, tant de bois, tant de ruisseaux. C'est un petit comté

que la terre de notre ami des Mares. Je suis sûr qu'il y a
des princes allemands dont la principauté n'est pas plus
grande.

M. AUBRIER. — Vous exagérez ; mais il est certain que
la terre des Verrières est une belle propriété.

M. GANDON. — Quand je songe que je suis aussi riche
que des Mares, et que ma fortune consiste en marchan-
dises, en créances, en valeurs, en registres de commerce !
Il suffirait de la banqueroute de trois ou quatre de mes prin-
cipaux clients pour me ruiner ou peu s'en faut. Il y a six
mois, j'étais bien tranquillement à me baigner à Arcachon,
lorsque le *Moniteur universel* m'apprend la faillite de Mauduit, sur la place de Lyon.

« Mauduit me devait cent mille francs en chiffres ronds.
Je vais en toute hâte à Lyon, où j'apprends qu'il y a deux
Mauduit. C'est le cousin germain de mon débiteur qui a
fait faillite. Il y a eu un moment où la banque Gervais
et Cie possédait en caisse les deux tiers de ma fortune ;
jugez quelle eût été ma situation si cette maison eût croulé
alors, comme cela est arrivé cinq ans plus tard. Je vous
dis, Aubrier, qu'il faut être insensé pour risquer de la
sorte ses capitaux, au lieu de les asseoir sur de bonnes
terres granitiques ou calcaires, éclairées et fécondées par le
soleil du bon Dieu.

M. AUBRIER. — C'est comme moi avec mes actions, mes
obligations et mes charbonnages. Figurez-vous que mon
petit million tient dans un portefeuille qu'un enfant de
sept ans porterait sous son bras. Qu'une guerre, qu'une
révolution, qu'une année de cherté surviennent, et voici
mes petits papiers qui perdent un quart, un tiers, et même
une moitié. Si j'avais réalisé pendant la guerre contre la
Prusse ou pendant la Commune, je perdais le produit du
travail de deux ou trois générations. Sans compter que
mes titres de propriété sont tout ce qu'il y a au monde de
plus fragile.

« Un de mes amis a perdu dans l'inondation de Tou-
louse deux cents actions au porteur de la Banque de
France. Assez récemment, un père de famille est mort
laissant son portefeuille si bien caché, que ses enfants le
cherchent encore. Il paraît que ce portefeuille contient
pour quatre cent mille francs de valeurs qui seront man-

gées par des rats si elles ne le sont déjà. C'est à faire
trembler.

M. GANDON. — La propriété de des Mares est plus solide.
Que risque-t-il ? quelques gelées, quelques grêles, quelques inondations. Outre que ces fléaux sont rares, ils n'em-
portent après tout qu'une portion ou la totalité de la récolte
d'une année ; le sol reste.

M. AUBRIER. — C'est évident. Vive la terre ! Il n'y a que
cela de sérieux...

M. GANDON. — Et d'agréable. Me voyez-vous faisant à un
ami les honneurs de mes magasins, de ma caisse et de mes
registres de commerce !

M. AUBRIER. — C'est comme si je promenais des Mares
à travers les actions et les obligations de mon portefeuille,
lorsqu'il viendra me voir l'hiver prochain. Il faut pourtant
que je prépare ma maison, puisque c'est le seul immeuble
que je puisse montrer à mes amis. A propos de des Mares,
il se fait bien attendre ce soir.

M. GANDON. — Je crois que le voici.

SCÈNE II

LES PRÉCÉDENTS, DES MARES

M. DES MARES. — Excusez-moi, mes amis, de vous avoir
fait attendre si longtemps ; j'ai eu quelques occupations
urgentes.

M. AUBRIER. — Et ces occupations t'ont laissé des préoccupations ; tu parais tout soucieux.

M. DES MARES. — Il y a bien un peu de quoi. Mais ne
parlons pas de ces misères, si vous le voulez bien.

M. GANDON. — Pourquoi ? Ne sommes-nous pas assez
tes amis pour que tu nous apprennes ce qui peut t'arriver
de fâcheux ?

M. DES MARES. — Sans doute ; mais vous n'êtes ici qu'en
passant, et il est bien inutile d'attrister votre trop courte

villégiature en vous initiant aux ennuis d'un malheureux propriétaire.

M. Gandon. — Un malheureux propriétaire ? Voici deux mots qui ne s'accordent guère.

M. des Mares. — Tu crois ? Eh bien ! sachez, monsieur le négociant, que je viens d'apprendre la perte d'un procès qu'un voisin cupide et injuste m'avait intenté. Il s'agissait d'une source et d'une borne. Il n'en faut pas davantage entre les mains de deux bons avoués pour ruiner un homme. Comme je suis riche, je ne serai pas ruiné ; j'en serai quitte pour une perte d'environ trente mille francs.

M. Gandon. — Peste !

M. des Mares. — La lettre qui m'apprend la perte de mon procès m'avertit aussi qu'une épizootie est tombée sur les étables de ma terre des Sablons. On a déjà abattu dix bœufs, vingt vaches et douze chevaux, sans compter les moutons.

M. Aubrier. — Diantre !

M. des Mares. — Il paraît que le phylloxéra s'est montré dans mon vignoble de Saint-Martin. J'en serai quitte cette année pour voir diminuer ma récolte d'une centaine d'hectolitres. Selon toutes les probabilités, cette perte sera doublée l'année prochaine et quadruplée dans trois ans. Après quoi il faudra arracher le vignoble, le brûler et le replanter.

M. Gandon. — Merci !

M. des Mares. — Vous voyez que tout n'est pas rose pour ceux qui possèdent le sol.

M. Gandon. — C'est vrai, et je commence à croire que les propriétaires courent autant de risques que les négociants et les rentiers. Parlez-moi des fonctionnaires comme l'avocat général que je vois poindre à l'horizon. Ceux-ci touchent de bons appointements qui ne craignent ni la baisse, ni la banqueroute, ni l'épizootie, ni le phylloxéra.

M. des Mares. — Hum !

M. Gandon. — Est-ce que tu n'es pas de mon avis ?

M. des Mares. — Pas tout à fait ; les fonctionnaires ont aussi leurs tribulations.

M. Gandon. — Parbleu ! quel mortel en est exempt ? Je soutiens seulement que leur situation est fort désirable.

SCÈNE III

LES PRÉCÉDENTS, M. ROLAND

M. ROLAND. — Messieurs, je vous présente mes hommages.

M. DES MARES. — Soyez le bienvenu, monsieur l'avocat général.

M. ROLAND. — Désormais vous pouvez m'appeler monsieur l'avocat tout court.

M. DES MARES. — Et pourquoi cela ?

M. ROLAND. — Parce que j'ai cessé, depuis deux jours, de faire partie du parquet. Le journal d'aujourd'hui vous annoncera ma destitution.

M. GANDON. — Mais c'est affreux !

M. ROLAND. — Non. Un garde des sceaux vous avait élevé, un garde des sceaux vous abaisse; il n'y a rien de commun comme cela par ce temps de revirements politiques.

M. GANDON. — Et moi qui prétendais que le sort des fonctionnaires était préférable à celui des propriétaires, des négociants et des rentiers !

M. ROLAND. — Vous voyez ce qui en est.

M. DES MARES. — Chacune de ces positions a ses agréments et ses ennuis.

M. AUBRIER. — Oui, pourvu que vous ajoutiez que les ennuis dominent. Si les ouvriers, et en général tous ceux qui vivent d'un salaire quotidien, connaissaient mieux la situation de la bourgeoisie et de la classe dirigeante, ils nous jalouseraient moins qu'ils ne le font. Certain proverbe dit: « Qui terre a, guerre a; » je crois qu'on peut, en changeant un mot, dire: « Qui biens a, guerre a. »

IL N'Y A PAS DE SOT MÉTIER

PROVERBE

PERSONNAGES

LOUIS DIDIER, peintre sur porcelaine.
MARIE DIDIER, femme du précédent.
AUBERTIN, père de Marie.
M. LINOIS, huissier.
MARTINAUD, clerc de M. Linois.
M. DES MONTS, ex-banquier et ancien millionnaire,
   clerc de M. Linois.

ACTE I

La scène est dans la chambre de Didier.

SCÈNE I

LOUIS DIDIER, AUBERTIN, son beau-père.

DIDIER. — N'insistez pas, je vous prie, beau-père.

AUBERTIN. — Que je n'insiste pas ?

DIDIER. — Oui ; vous vous épargnerez de la peine. Mon parti est pris. Je ne consentirai jamais à m'abaisser à des occupations déshonorantes. Le sort peut me broyer ; je le défie de m'avilir !

Aubertin. — Ta ! ta ! ce sont des phrases, tout cela. Qui vous conseille de vous déshonorer et de vous avilir ? L'état de peintre en bâtiments, que je vous propose, est une occupation aussi honorable que n'importe laquelle.

« D'ailleurs, si vous croyez descendre en promenant le pinceau sur des boiseries au lieu de le promener sur un fond de porcelaine, pourquoi ne pas accepter l'emploi qui vous est offert dans les bureaux du Crédit agricole ?

Didier. — Permettez-moi de vous le dire, monsieur Aubertin, avec tout le respect que je vous dois, vous faites trop bon marché de la dignité personnelle. Lorsqu'on est habitué à peindre chez soi ou en bonne compagnie des fleurs, des paysages, des personnages, à faire œuvre d'artiste, en un mot, il en coûte d'aller en pleine rue se percher sur une échelle pour peindre en vert ou en blanc une porte ou des persiennes.

Aubertin. — Oui, si on a quitté la première peinture pour la seconde ; non, cent fois non, si on cède à la difficulté des temps, à la stagnation du commerce de luxe et à la nécessité de nourrir une femme et des enfants. Mais je n'insiste pas. Si l'échelle et la blouse du peintre en bâtiments vous déplaisent. acceptez, je vous le répète, l'emploi que je vous ai obtenu dans les bureaux du Crédit agricole. Savez-vous, mon gendre, qu'il m'a fallu supplier longtemps M. le directeur pour qu'il vous accordât la préférence sur vos nombreux concurrents ? Cent vinq-cinq francs par mois ne sont pas à dédaigner par ce temps de misère universelle. Quant aux collègues que vous auriez au Crédit agricole, ils valent MM. les peintres sur porcelaine. Ce n'est pas au premier venu que l'on confie le recouvrement de sommes et de valeurs importantes. Il n'y a dans ces bureaux ni joueur, ni ivrogne, ni débauché. L'ombre d'une tache sur sa réputation vous fait mettre un homme à la porte, sans excuses et sans remise. Il a fallu que je connusse votre probité, votre délicatesse et votre exactitude pour répondre de vous comme de moi-même à M. le directeur.

Didier. — Merci, beau-père, de la bonne opinion que vous avez de moi et de vos efforts pour m'être utile. J'accepterais, je vous assure, l'emploi que vous m'avez obtenu s'il n'y avait pas une livrée à porter.

AUBERTIN. — Que me dites-vous là ?

DIDIER. — Je vous explique la répugnance invincible que j'éprouve à m'habiller en garçon de caisse. Cette plaque de plomb sur la poitrine et ce chapeau à claque me déplaisent tout particulièrement. Il me semble entendre rire les gens qui me verraient passer dans la rue ainsi affublé.

AUBERTIN. — Vous êtes fou ! Sont-ce là des considérations capables d'arrêter un homme qui est sans argent et sans travail ? Ah ! vous craignez d'entendre rire quelques oisifs ; à votre place je craindrais plutôt d'entendre pleurer ma femme et mes enfants à la veille de manquer de pain. On m'avait dit, avant que je vous prisse pour gendre, que vous étiez très vaniteux. Je négligeai cet avis et je passai outre ; je vois aujourd'hui que j'ai eu tort. Il n'y a pas beaucoup de vices plus dangereux que la vanité lorsqu'elle est poussée à un certain degré de sottise. Adieu, je vais rendre sa parole à M. le directeur du Crédit agricole. Ma parole d'honneur ! je suis presque content que vous ayez refusé cet emploi. Il n'y a pas d'honnêteté qui tienne: un homme atteint de la vanité féroce qui vous possède est capable de tout ; oui, de tout !

(*Il sort.*)

SCÈNE II

DIDIER

DIDIER. — Mon beau-père vient de m'insulter grossièrement; mais je ne lui en veux pas. Ce n'est pas sa faute s'il ne comprend pas le respect de soi-même et la dignité personnelle. C'est la faute de son éducation et de son instruction. Du caractère dont il est, je suis sûr que le père Aubertin se ferait balayeur des rues pour gagner sa vie.

SCÈNE III

DIDIER, Mme DIDIER

Mme DIDIER. — Qu'as-tu dit à mon père? Il est furieux et menace de ne plus jamais mettre le pied chez nous.

DIDIER. — Comme il voudra. Mieux vaut, en effet, ne pas aller chez les gens si on y va pour leur faire des propositions déshonorantes. (*Il arrange ses cheveux.*) Voyons, Marie, est-ce que j'ai la tournure d'un peintre en bâtiments ou d'un garçon de banque ?

Mme DIDIER, *souriant.* — Non, certainement, mon ami. (*Avec des larmes dans la voix.*) Voici quatre mois que tu es sans ouvrage. Il ne me reste plus que deux francs des cinquante francs que mon père m'avait donnés le jour de ma fête. Le savais-tu, Louis ?

DIDIER. — Je m'en doutais bien un peu. Ce n'est pas une raison pour fondre en eau comme tu le fais. Grâce à Dieu, nous avons assez de linge et de vêtements pour obtenir du mont-de-piété une avance qui nous permettra d'attendre, sans trop souffrir, la reprise du travail.

Mme DIDIER. — Tu oublies qu'après-demain arrive l'échéance du billet de cent francs souscrit par toi à ton tailleur.

DIDIER. — Ne te tourmente pas : Varnier m'a presque promis l'autre jour de ne pas mettre ce billet en circulation, et d'attendre que l'argent m'arrive avec la reprise du travail. Je vais lui rappeler sa promesse.

Mme DIDIER. — C'est inutile. Mme Linois, la femme de l'huissier, sort de chez moi. Tu sais que nous sommes allées à l'école ensemble. Quoique devenue riche et bourgeoise, elle continue de me porter quelque intérêt. Elle est venue m'avertir que le billet souscrit par toi à Varnier est entre les mains de son mari, qui a l'ordre formel de te poursuivre si tu ne payes pas à échéance. D'ailleurs, Varnier est allé à Paris pour les achats d'hiver.

DIDIER. — Alors je vais de ce pas chez Linois.

Mme DIDIER. — Tu ferais mieux d'aller...

DIDIER, *interrompant sa femme*. — Chez Robert, n'est-ce pas, endosser la blouse du peintre en bâtiments? Jamais ! Pas plus que ton père, tu ne comprends rien au respect de soi-même et à la dignité personnelle.

(*Il sort.*)

SCÈNE IV

Mme DIDIER, seule.

Mme DIDIER. — Feu l'abbé Sauvage, qui me fit si long-temps le catéchisme de persévérance, avait bien raison de dire qu'il suffisait d'un seul et unique défaut pour faire le malheur de toute une famille. Notre position serait autre si mon mari avait combattu son funeste penchant à la vanité. (*Elle prête l'oreille.*) Voici Marguerite qui crie. Je vais la bercer tout en récitant ma dizaine de chapelet quotidienne. Puisse la sainte Vierge nous bénir ! Jamais nous n'eûmes tant besoin de sa protection.

ACTE II

La scène est dans l'étude de M. Linois, l'huissier. — Une porte
vitrée sépare cette grande pièce du cabinet de M. Linois.

SCÈNE I

DIDIER, MARTINAUD, quatre clercs, assis devant de petites tables
et écrivant sur du papier timbré, parmi lesquels M. DES MONTS.

MARTINAUD. — Assieds-toi, mon cher Didier. Quoique
dans son cabinet, M. Linois ne sera visible que dans trois
quarts d'heure. Voici un code ; prends et lis, cela t'aidera
à patienter.

(*Il lui tend un gros livre.*)

DIDIER. — Merci. (*A part et regardant les clercs.*) Tiens !
M. Linois a un clerc que je ne lui connaissais pas. Il me
semble avoir vu cette figure ailleurs qu'ici. (*Regardant
attentivement M. des Monts.*) On ne m'ôtera pas de l'esprit
que j'ai travaillé pour ce petit vieux-là. Positivement, j'ai
décoré une paire de vases qui a été achetée par un monsieur
ayant une figure et une tournure semblables à celles de ce
gratte-papier. (*A Martinaud.*) Pst ! pst !

MARTINAUD, *à mi-voix.* — Qu'y a-t-il ?

DIDIER. — Je désirerais te dire un mot.

MARTINAUD, *se rapprochant de Didier.* — Deux, mais
fais vite ; le patron n'aime pas qu'on cause dans l'étude.

DIDIER. — Quel est ce vieux monsieur qui écrit sur cette
petite table placée devant la fenêtre ?

MARTINAUD. — Tu ne le connais pas ? C'est M. des
Monts, un ex-banquier millionnaire, qui a perdu du

soir au matin, sans qu'il y eût de sa faute, toute sa fortune.

DIDIER. — Je me rappelle maintenant que ce M. des
Monts a commandé autrefois à mon patron une paire de
vases qu'il paya mille francs. (*Avec un soupir.*) Une partie
notable de cette somme me revint. C'était le bon temps :
l'ouvrage allait, tandis qu'aujourd'hui... Comment un ancien
millionnaire a-t-il pu descendre au rang de clerc d'huissier !
(*A part.*) Je viens de lâcher une sottise.

MARTINAUD, *d'un ton piqué.* — Il me semble qu'on peut,
sans descendre trop bas, devenir clerc d'huissier.

DIDIER. — Sans doute ! Tu comprends bien que ma
réflexion ne peut avoir rien de blessant. L'état d'huissier
est très honorable, très respectable, très utile, et naturellement les clercs participent à cette honorabilité ; seulement
passer de la situation de banquier millionnaire à celle de
rédacteur d'exploits et d'assignations à soixante-quinze
francs par mois est une chute un peu humiliante.

MARTINAUD. — Pourquoi cela ? Feu mon grand-père
avait coutume de dire : Il n'y a pas de sot métier, il n'y a
que de sottes gens. Aurais-tu mieux aimé que l'ex-millionnaire vécût de pièces de cinq francs et de dîners extorqués
à ses anciens amis ? Nous l'honorons et le respectons tous ici.
C'est à qui lui épargnera une course, lui taillera ses plumes
et lui rendra dix petits services. Le patron lui-même a des
égards pour ce vieillard courageux. Il l'appelle toujours
« Monsieur », tandis qu'il ne se gêne pas pour dire tout
court « Martinaud ». Ah ! tu t'étonnes de voir un millionnaire clerc d'huissier ! Bien d'autres sont tombés de plus
haut, mon ami Didier. Feu mon grand-père, qui avait suivi
dans l'émigration, en qualité de valet de chambre, le seigneur de son bourg natal, m'a raconté qu'il avait vu des
ducs et des marquis devenir maîtres d'école et des comtesses
couturières et modistes. Un grand-vicaire, en passe de
devenir évêque, travaillait, après sa messe et son bréviaire,
à faire des portes de granges. Mon grand-père a vu plusieurs
de ces portes, qui fermaient très bien. Il ne racontait jamais
cette histoire sans ajouter : Il n'y a pas de sot métier, il n'y
a que de sotte gens. (*Courant se remettre à sa place.*)
Alerte ! voilà le patron.

SCÈNE II

LES PRÉCÉDENTS, M. LINOIS

M. LINOIS, *sortant de son cabinet.* — Messieurs, je n'oublie pas que vous avez veillé tous ces jours derniers pour terminer la procédure Bertrand contre Martin, il est juste de vous dédommager; maintenant que le travail est moins urgent, vous pouvez vous retirer; je vous donne congé pour le reste de la journée.

LES QUATRE CLERCS ENSEMBLE. — Merci, monsieur Linois.

(*Ils sortent.*)

SCÈNE III

M. LINOIS, DIDIER

M. LINOIS. — Didier, je crois?

DIDIER. — Oui, monsieur..., je venais..., j'ai réfléchi... Il n'y a pas de sot métier, il n'y a que de sottes gens.

M. LINOIS. — Plaît-il?

DIDIER. — Je vous demande pardon, monsieur; c'est une réflexion que je viens d'entendre et que je répète malgré moi, tant elle convient à ma situation.

M. LINOIS. — Au fait, mon ami, au fait.

DIDIER. — Je viens vous prier de décider votre client Varnier à m'accorder un délai pour le payement du billet que je lui ai sosucrit. Mon état de peintre sur porcelaine n'allant pas, j'ai dessein de m'occuper en qualité de peintre en bâtiments. J'espère être en mesure, dans deux mois, de payer M. Varnier.

M. LINOIS. — Voilà qui est parler. Varnier m'avait dit

3

que vous étiez un vaniteux et un glorieux, ne voulant pas gâter à des ouvrages vulgaires des mains destinées à exécuter des chefs-d'œuvre ; je vois avec plaisir qu'il n'en est rien. Puisque vous êtes raisonnable, nous le serons aussi. Je puis bien vous dire maintenant que mon client se montrait sévère parce que votre orgueil, — ce n'est pas le mot, — votre vanité, ce n'est pas encore le terme, — votre fatuité l'avait blessé.

DIDIER, ému. — Mais, monsieur Linois...

M. LINOIS. — Calmez-vous. Je voulais plaisanter. Nous vous accordons un délai de deux mois. Avez-vous fait choix du patron chez lequel vous voulez entrer comme peintre en bâtiments ?

DIDIER. — Non, monsieur Linois ; ma détermination est un peu récente, je n'ai pas eu le temps...

M. LINOIS. — Très bien. Alors allez trouver Rigaudie, et priez-le de ma part de vous donner de l'ouvrage. Je lui ai confié une maison à peindre du haut en bas, il ne refusera pas le léger service sollicité en mon nom.

DIDIER. — Merci, monsieur Linois. Je vais de ce pas chez Rigaudie. (*Il salue et sort en disant :*) Ai-je eu de la chance de rencontrer ce Martinaud ! Son grand-père avait raison : « Il n'y a pas de sot métier, il n'y a que de sottes gens. »

IL NE FAUT PAS

LACHER LA PROIE POUR L'OMBRE

PROVERBE

PERSONNAGES

M. CARTIER, maire de Saint-Julien.
M. DUPUY, receveur des finances à Saint-Julien.
BENOIT, secrétaire de la mairie.
Mme BENOIT, femme du précédent.
PAUL, âgé de neuf ans,   } enfants des époux Benoit.
LOUISE, âgée de huit ans, }
MARTIN, domestique de M. Cartier.
JEANNE, bonne de M. Benoit.

ACTE I

La scène est à l'hôtel de ville de Saint-Julien, dans une pièce
servant à M. le maire de cabinet particulier.

SCÈNE I

M. CARTIER

M. CARTIER. — Je ne m'étais point trompé en présumant,
avant examen, que la population de Saint-Julien était restée

stationnaire depuis cent ans. Les recherches que je viens de
faire me prouvent que j'avais deviné juste. Si le vieil adage
est vrai : « Qui n'avance pas recule, » Saint-Julien a reculé.
Il reculera bien davantage. Je suis convaincu qu'avant
cinquante ans ma commune sera descendue de quatre
mille habitants à trois mille et peut-être à deux mille cinq
cents. Ce n'est pas dans les chefs-lieux d'arrondissement et
dans les petites villes qu'émigrent ceux en si grand nombre
qui abandonnent la campagne et les travaux agricoles; c'est
dans les villes populeuses, les grands centres industriels et
les bassins houillers qu'ils vont s'engouffrer. On n'a pas
assez remarqué et signalé cette dépopulation de nos petites
villes. C'est un malheur presque aussi fâcheux que la désertion des campagnes.

SCÈNE II

LE PRÉCÉDENT, MARTIN

MARTIN, *ouvrant la porte.* — M. Dupuy demande à parler
à M. le maire.

M. CARTIER. — Faites entrer.

SCÈNE III

M. CARTIER, M. DUPUY

M. DUPUY. — Monsieur le maire, j'ai l'honneur de vous
saluer.

M. CARTIER. — Je vous présente mes civilités, monsieur
le receveur; quel bon vent vous amène? Veuillez vous
asseoir, je vous prie.

M. DUPUY. — Toujours occupé de vos administrés! Savez-
vous, sans compliment, que les maires comme vous sont
rares?

M. CARTIER. — Je fais de mon mieux. Il ne faut pas accepter une charge, ou bien il faut s'y dévouer. Les futurs maires de Saint-Julien auront moins de peine que moi, puisqu'ils auront moins d'administrés. Lorsque vous êtes entré, j'examinais les registres paroissiaux d'avant 1780. Cet examen m'a convaincu qu'après être restée longtemps stationnaire, la population de ma commune tend à décroître. C'est, du reste, le sort de presque toutes les villes du quatrième ordre. Dans beaucoup de ces petites localités l'herbe pousse entre les pavés; telle maison qui avait coûté cent mille francs à construire se vend dix mille francs et moins.

M. DUPUY. — D'où vient cette désertion des petites villes?

M. CARTIER. — De causes multiples et variées, mais principalement de la manie qu'ont les bourgeois de s'approvisionner et de se fournir hors de leurs murs. Il y a, par exemple, à Saint-Julien deux marchands de nouveautés, deux drapiers, six cordonniers, quatre tailleurs, et une douzaine de modistes et de couturières; tout ce monde gagnerait facilement et honnêtement sa vie si les gens riches ou aisés de la commune s'adressaient à lui. Point. Monsieur se fait chausser à Poitiers, madame se fait habiller à Limoges.. Plusieurs, sauf les bagatelles, prennent tout à Paris. Jusqu'aux domestiques et aux servantes, qui trouvent nos ouvrières et nos ouvriers incapables de les servir. La femme de chambre de ma femme, qui s'est mariée récemment, a fait venir de Bourges la parure et les bijoux. Il a fallu la raisonner pour qu'elle ne s'adressât pas à la capitale. J'étais l'autre jour chez Rollet, le libraire; arrive le petit Musinois, qui charge Rollet de lui faire venir l'*Histoire du consulat et de l'empire*, de M. Thiers.

« — Monsieur, dit Rollet, voilà qui tombe bien; j'ai en magasin, et toute neuve, la dernière édition de cet ouvrage. »

Musinois examine les volumes, qui étaient parfaitement conservés. A force de les tourner et de les retourner, il finit par trouver une page froissée et une autre décousue. C'est assez pour qu'il oblige le malheureux libraire de demander à Paris l'ouvrage de M. Thiers. Autre détail. Vous connaissez M. Desherbiers? Il y a un mois, il me manifesta, en causant, l'intention d'acheter de l'argenterie de table. J'avais vu chez Martinet, l'orfèvre de Saint-Julien, plusieurs couverts fort beaux; je le dis à M. Desherbiers, et je l'assure qu'il ne trouvera pas mieux ailleurs. Je l'engage donc à faire son achat dans notre localité. Il me le promet, et trois jours après il part pour Paris. Il a dépensé quatre cents francs dans ce voyage, et ses couverts, que j'ai vus, coûtent plus cher et sont moins beaux que ceux de Martinet; c'est égal, Desherbiers est content et prêt à recommencer dès qu'il voudra faire une emplette de quelque importance. Comment voulez-vous que nos ouvriers et nos petits marchands ne désertent pas Saint-Julien?

M. DUPUY. — Vous avez raison; mais les ouvriers et les petits marchands ne sont pas seuls à prendre leur essor vers un plus grand théâtre : les petits fonctionnaires n'ont pas moins d'ambition. Vous savez sans doute que vous allez perdre un de vos subordonnés dans vos fonctions de maire.

M. CARTIER. — Non, vraiment.

M. DUPUY. — Sérieusement, vous ignorez que Benoît, votre secrétaire, est sur le point de vous quitter?

M. CARTIER. — Je vous répète que je ne savais pas le premier mot de cette nouvelle. J'en suis surpris autant qu'affligé. Benoît me quitter! Et pour quel emploi?

M. DUPUY. — Pour celui de chef de division de la préfecture de la Gironde. C'est M. Chénieux, un ancien sous-préfet de Saint-Julien, qui a arrangé cette affaire.

M. CARTIER. — Il rend un mauvais service à Benoît, qui n'a pas les connaissances et l'expérience nécessaires à un chef de division de préfecture, et qui, s'il gagne plus qu'ici, dépensera aussi beaucoup plus. Je croyais à mon secrétaire plus de bon sens et moins d'ambition. Mais êtes-vous sûr de ce que vous me dites là?

M. DUPUY. — Si sûr, que je suis venu vous demander la place de Benoît pour Jollivet, mon second commis. C'est un garçon intelligent, laborieux, ponctuel, modeste...

M. CARTIER. — Bien! bien! Il a toutes les qualités qu'avait Benoît lorsque je m'intéressai à lui. Vous aussi, mon cher receveur, vous travaillez à faire un ingrat. C'est entendu, je vous promets la place de secrétaire de la mairie de Saint-

Julien pour votre protégé. Qui m'eût dit cela de Benoît!
Tenez, il faut que je vous conte son histoire en deux mots.
Il y a environ dix-huit ans, j'avais pour voisin un pauvre
charpentier qui mourut des suites d'une chute, laissant une
veuve et un orphelin. La veuve était maladive, et l'orphelin,
âgé de quatorze ans, si faible et si chétif, qu'il était incapable
d'exercer l'état de charpentier, que son père avait commencé à lui faire apprendre.

J'eus pitié de ce pauvre petit diable, et je le mis dans les
bureaux de la mairie. Il faut lui rendre cette justice, Benoît
s'appliqua à contenter tout le monde; mais tant de gens s'y
appliquent sans y réussir! Il serait resté un expéditionnaire
à quarante francs par mois sans mes soins et ma protection.
Je le nommai secrétaire et le mariai. Pour me remercier, il
me quitte aujourd'hui sans m'avertir.

M. DUPUY. — Il est à croire que mon Jollivet me payera
quelque jour de la même monnaie. C'est égal, il faut être
bon quand même. Je prends donc acte de la promesse que
vous m'avez faite. Adieu, monsieur le maire, je retourne
à mes finances.

(*Il sort.*)

M. CARTIER. — Au revoir, monsieur le receveur.

SCÈNE IV

M. CARTIER, MARTIN

M. CARTIER. — Martin!

MARTIN, *entrant.* — Monsieur le maire?

M. CARTIER. — Priez M. le secrétaire de venir me
parler.

MARTIN. — Oui, monsieur le maire.

(*Il sort.*)

SCÈNE V

M. CARTIER, BENOIT

BENOIT. — Vous me demandez, monsieur le maire?

M. CARTIER. — Oui. Quand comptez-vous aller prendre possession de votre emploi de chef de division à la préfecture de Bordeaux?

BENOIT. — Vous savez donc?... Je suis confus, honteux... Que devez-vous penser de moi? C'est après-demain que je devais vous avertir. Comment a-t-on pu connaître ma détermination? Je n'en avais parlé qu'à ma femme, avec défense formelle d'en souffler mot. Croyez, monsieur le maire, qu'il a fallu l'intérêt de mes enfants pour me décider à vous quitter. Je n'oublierai jamais...

M. CARTIER. — Il suffit. Vous faites une sottise, Benoît. Je vous porte encore trop d'intérêt pour ne pas vous en avertir. Vous ne tarderez pas à regretter d'avoir quitté Saint-Julien et à reconnaître que vous avez lâché la proie pour l'ombre.

BENOIT. — Oh!

M. CARTIER. — Oui, la proie pour l'ombre. Au surplus, c'est votre affaire. Vous pouvez quitter le secrétariat lorsqu'il vous plaira, votre successeur est nommé.

Paul et Louise.

ACTE II

La scène est à Bordeaux, dans une petite chambre mansardée, située au quatrième étage, et faisant partie de l'appartement occupé par M. Benoit, chef de division à la préfecture de la Gironde.

SCÈNE I

PAUL, LOUISE

PAUL. — Te souviens-tu, Louise, du grand jardin de M. le maire, où nous allions jouer presque tous les jours à Saint-Julien?

LOUISE. — Chut! il ne faut pas parler de Saint-Julien. Tu sais bien que maman nous l'a défendu, parce que cela renouvelle le chagrin de papa.

PAUL. — Oui; mais puisque papa n'y est pas. Étions-nous bien dans ce jardin à courir dans les grandes allées et à nous rouler sur la pelouse!

LOUISE. — Et le bassin rempli d'eau où nageaient deux grandes oies blanches, qui venaient au bord manger les miettes de pain et de gâteau dans le creux de ma main!

PAUL. — C'était bien plus gai qu'ici. Moi, d'abord, je m'ennuie à mourir.

LOUISE. — Moi aussi. Voici maman, ne parlons plus de Saint-Julien.

SCÈNE II

LES PRÉCÉDENTS, Mme BENOIT

Mme BENOIT. — Allons! mes enfants, voici quatre heures, allez dire à Jeanne de vous faire goûter.

PAUL et LOUISE *ensemble.* — Oui, maman.

(*Ils sortent.*)

SCÈNE III

M⁰ᵉ BENOIT

Mme Benoît. — C'est aujourd'hui, sans remise, qu'il faut que je parle à Benoît pour le décider à faire meubler la chambre qui nous sert de salon. Nous n'avons plus que quinze jours pour être au premier janvier, le jour des visites officielles. Je ne veux pas, comme l'année dernière, subir l'humiliation de n'avoir pas un fauteuil à offrir. La femme d'un chef de division de la préfecture de la Gironde peut bien se donner deux fauteuils, lorsque la femme d'un de ses subordonnés en a quatre avec un canapé. J'économiserai sur tout le reste, mais je veux tenir mon rang.

SCÈNE IV

Mme BENOIT, BENOIT

Benoît. — Bonsoir, Marie. Fais-moi dîner de bonne heure, et dis à Jeanne de m'allumer ici un peu de feu. J'apporte un travail long et difficile, qui m'obligera de veiller jusqu'à minuit.

Mme Benoît. — Encore! tu oublies que le médecin t'a défendu ces veilles prolongées.

Benoît. — Il est charmant, le docteur Mauduit. Me prend-il pour un rentier? L'ouvrage ne se fait pas tout seul. Ce n'est pas une sinécure que la place de chef de division à la préfecture de la Gironde. Il m'a fallu toute une année pour voir clair dans mon nouveau métier. Actuellement j'ai la clef. Ce n'est plus qu'une question de travail. Marie, laisse-moi. Je puis faire un peu d'ouvrage d'ici au dîner.

Mme BENOÎT. — Je m'en vais. (*Elle fait une fausse sortie et revient.*) A propos, Benoît, tu n'oublies pas que nous sommes à la mi-décembre, et que le salon doit être meublé au 1er janvier.

BENOÎT, *déposant un louis sur la cheminée.* — Voici tout ce que je possède d'argent disponible. Encore le marchand de charbon et le pharmacien ne sont-ils pas complètement payés.

Mme BENOÎT. — Que veux-tu que je fasse de ce louis? Il me faut deux cents francs. Nous serons donc obligés cette année, comme la précédente, de recevoir dans un galetas les visites de nos subordonnés?

BENOÎT. — C'est à croire.

Mme BENOÎT. — Avec quel flegme il prend cela! Eh bien! tu recevras toi-même ces dames et ces messieurs. Moi, je m'enferme dans ma chambre avec mes enfants, et je n'en sors pas de la journée.

(*Elle sort.*)

SCÈNE V

BENOIT

BENOÎT. — Parmi les plaisirs que m'a procurés ma nouvelle position, il faut compter celui d'avoir vu ma femme changer de caractère. Elle, autrefois si bonne, si douce, si patiente, il y a des moments où je ne la reconnais plus. Je ne puis pourtant pas me faire faux-monnayeur pour lui donner des toilettes et des ameublements. C'est étonnant comme la vie est chère dans ces grandes villes! Et moi qui avais l'espoir de réaliser des économies! J'étais beaucoup moins à l'étroit à Saint-Julien avec quatorze cents francs que je ne le suis ici avec trois mille cinq cents francs. Heureusement M. le préfet m'a promis d'élever peu à peu mon traitement. Courage, Benoît! tu as l'avenir pour toi. (*Il se met à écrire.*) *Après une demi-heure :* Je serais à cette heure-là à me promener si j'étais resté à

Saint-Julien. La mairie me prenait quatre heures de travail par jour, la préfecture en demande dix, et quelquefois, comme aujourd'hui, quinze. (*Il se remet à écrire.*) Après une *autre demi-heure :* Ouf! en voilà assez. Je me perds dans ces chiffres. J'y verrai plus clair après-dîner. Si je lisais le journal du soir? (*Il prend un journal, et lit.*) Eh bien! qu'est-ce que je vois! Je tremble. Quinze préfets révoqués. Pourvu que le mien n'en soit pas! Ah! mon Dieu! « Le préfet de la Gironde est appelé à d'autres fonctions. » Me voilà ruiné, perdu, sans ressources et sans pain. Que vont devenir ma femme et mes enfants? Mais je m'alarme trop. Riche et influent comme il est, mon ancien préfet ne peut me laisser dans la misère. On n'arrache pas un père de famille à une situation modeste, mais sûre, pour l'abandonner ensuite. M. des Ormeaux me trouvera un poste équivalent sinon à celui que je perds à Bordeaux, au moins à celui qu'il me fit quitter à Saint-Julien.

SCÈNE VI

LE PRÉCÉDENT, JEANNE

JEANNE, *entrant.* — Voici une lettre pour monsieur.
BENOIT. — C'est bien.

(*Il prend la lettre, et Jeanne sort.*)

SCÈNE VII

BENOIT

BENOIT, *regardant la suscription de la lettre.* — C'est l'écriture de M. des Ormeaux. J'étais bien sûr qu'il se hâterait de me tranquilliser. (*Il décachette la lettre et lit.*)

« Mon cher Benoît,

« Depuis un mois j'attends tous les jours ma révocation,
et la vôtre par conséquent. J'ai jugé inutile de vous apprendre trop tôt cette triste nouvelle. Vous devez la savoir
en ce moment, puisqu'elle se lit dans tous les journaux de
ce soir. Mon successeur, M. le comte de la Roche, amène
avec lui à Bordeaux le chef de division qu'il avait à Orléans.
Vous voilà donc obligé de chercher un emploi. Est-il besoin
de vous dire, mon cher Benoît, que je fais des vœux sin-
cères pour que vous réussissiez? S'il ne vous fallait pour
cela qu'un certificat d'honorabilité, n'hésitez pas à me le
demander.

          « Tout à vous,

                              « DES ORMEAUX,
                    « Ancien préfet de la Gironde. »

          (Il pose la lettre et dit.)

Voici ce qu'on appelle égorger un homme proprement.
Que vais-je devenir? Ah! monsieur le maire de Saint-
Julien, vous aviez bien raison de me dire : « Il ne faut pas
lâcher la proie pour l'ombre! »

QUI DONNE VITE DONNE DEUX FOIS

PROVERBE

PERSONNAGES

M. LEVERT, président du tribunal de Roberval.
M. JAUCOURT, docteur en médecine.
M. GEOFFROY, receveur de l'enregistrement.
ROBERT, contremaître.
MEUNIER, ouvrier.

Le théâtre représente le salon du président du tribunal.

SCÈNE I

LE PRÉSIDENT, LE DOCTEUR, LE RECEVEUR

LE RECEVEUR. — Je ne comprends pas, je l'avoue, messieurs, l'importance que Desmares attache à cette élection. La belle affaire d'être nommé ou de n'être pas nommé président de la société de secours mutuels *la Prévoyante!* Cependant Desmares en perd le sommeil et l'appétit. Il s'agirait d'une place au sénat que ce brave garçon n'aurait pas un plus vif désir d'y voir arriver son beau-père. Je vous répète que je n'y comprends rien.

LE PRÉSIDENT. — Cela tient à ce que vous êtes nouveau-venu à Roberval. Si, comme le docteur et moi, vous étiez né dans ses murs, vous comprendriez la conduite de Desmares.

LE RECEVEUR. — Renseignez-moi, je vous prie.

LE PRÉSIDENT. — Adressez-vous au docteur; il connaît encore mieux que moi les antécédents de M. de Saint-Quentin, le beau-père de Desmares.

LE RECEVEUR. — Je vous en prie, docteur.

LE DOCTEUR. — Très volontiers. Vous savez que M. de Saint-Quentin est le chef du parti royaliste dans l'arrondissement?

LE RECEVEUR. — Oui, on me l'a dépeint comme un intransigeant.

LE DOCTEUR. — Il n'a jamais, en effet, transigé avec les principes qu'il croit, à tort ou à raison, être la vérité politique. Après avoir donné, en 1830, sa démission de préfet, il se retira dans ses terres, et n'a voulu être ni maire, ni conseiller général, ni député, ni rien.

LE RECEVEUR. — Il a eu tort; on ne doit pas se désintéresser ainsi des affaires de son pays lorsque l'on possède un beau nom et une grande fortune. Votre M. de Saint-Quentin est un boudeur.

LE DOCTEUR. — Ne vous pressez pas tant de le juger. Plût à Dieu qu'il y eût en France beaucoup de boudeurs semblables! Ce boudeur, cet intransigeant fait chaque année des aumônes considérables à toutes les bonnes œuvres et à tous les malheureux du canton. On parle du quart de son revenu.

LE RECEVEUR. — Un joli denier, puisque M. de Saint-Quentin a soixante mille francs de rentes. Cela ne m'explique pas pourquoi Desmares tient à ce que son beau-père soit nommé président de *la Prévoyante*.

LE DOCTEUR. — Attendez donc. Quoique noble, généreux, parfaitement désintéressé, M. de Saint-Quentin est homme. Il ne verrait pas sans un secret déplaisir la place de président de *la Prévoyante* aller à un autre.

LE RECEVEUR. — Et pourquoi?

LE DOCTEUR. — Parce que ces fonctions n'ont rien de politique; parce qu'elles n'exigent la prestation d'aucun serment et la reconnaissance d'aucun gouvernement; parce qu'elles sont à la nomination de cinq cents ouvriers, presque tous les obligés de l'ancien préfet de la restauration. Lorsqu'on a, pendant plus de quarante ans, distribué en aumônes quinze mille francs chaque année, on n'est pas fâché de voir que le peuple l'a vu, qu'il s'en souvient et en est reconnaissant.

LE PRÉSIDENT. — Ajoutez à cela que M. de Saint-Quentin a soixante-seize ans. On est sensible à cet âge : un rien blesse, un rien fait plaisir.

LE RECEVEUR. — Un rien rend malade, et les maladies sont graves à soixante-seize ans. Je connais des gendres qui, s'ils étaient dans la situation de Desmares, ne cabaleraient pas pour que leur beau-père évitât une contrariété.

LE DOCTEUR. — Nous cabalons tous un peu. J'ai fait dire à Robert, le contremaître de la grande fabrique, de venir me parler ici. Je veux le prier d'employer son influence en faveur de M. de Saint-Quentin. Je l'ai soigné gratis assez longtemps pour qu'il me fasse ce petit plaisir.

LE PRÉSIDENT. — Hum! en tout cas, le voici.

SCÈNE II

LES PRÉCÉDENTS, ROBERT

LE DOCTEUR. — Eh bien ?

ROBERT. — Les choses marchent. Il est vrai que je m'y emploie chaudement. Il ne s'agit pas de politique, ai-je dit aux sociétaires de *la Prévoyante*, mais de bienfaisance et de dévouement. Si vous connaissez quelqu'un qui ait fait plus que M. de Saint-Quentin pour les pauvres, nommez-le. Sauf un toqué et un original, tous m'ont dit que j'avais raison. Meunier travaille de son côté. Je lui ai donné rendez-vous ici. Il ne tardera guère, car l'heure de voter arrive; nous devons partir d'ici pour nous rendre ensemble au scrutin.

SCÈNE III

LES PRÉCÉDENTS, MEUNIER

MEUNIER. — Monsieur le président, messieurs, j'ai l'honneur de vous saluer.

LE DOCTEUR. — Bonjour, Meunier; assieds-toi, mon garçon, et dis-nous qui sera, à ton avis, président de *la Prévoyante*.

MEUNIER. — Ils sont trois qui ont des chances.

LE DOCTEUR. — Trois !

MEUNIER. — Oui : M. de Saint-Quentin , M. Lassalle et M. le docteur Jaucourt.

TOUS, *sauf le docteur et Meunier.* — Bravo! bravo!

LE DOCTEUR. — C'est une mauvaise plaisanterie, n'est-ce pas, Meunier? Que les sociétaires de *la Prévoyante* se le tiennent pour dit, si un seul d'entre eux me donne sa voix, la société tout entière peut chercher un autre médecin. Est-ce que je distribue aux pauvres chaque année , depuis quarante ans, quinze mille francs? Est-ce que mon nom se trouve à la tête de toutes les souscriptions charitables organisées dans le département? En donnant des soins gratuits à quelques indigents, je ne fais que remplir le devoir professionnel le plus vulgaire ; cela ne mérite même pas d'être remarqué. M. de Saint-Quentin est l'homme de la situation. S'ils ne le nomment pas à l'unanimité, les sociétaires de *la Prévoyante* sont des ingrats et des sots.

LE PRÉSIDENT. — Calmez-vous, docteur, calmez-vous.

LE DOCTEUR. — C'est que, voyez-vous, le sang me bout dans les veines lorsque je vois marchander à un pareil homme une aussi mince distinction.

ROBERT. — Messieurs, nous vous quittons pour nous rendre au scrutin.

LE DOCTEUR. — Allez , et revenez vite nous faire connaître le résultat.

(*Robert et Meunier sortent.*)

SCÈNE IV

LES PRÉCÉDENTS, moins Robert et Meunier.

LE RECEVEUR. — Il me semble que M. Lassalle ferait un excellent président d'une société de secours mutuels. C'est un homme doux, affable, et qui consacre tout son temps aux bonnes œuvres.

LE DOCTEUR. — Vous avez raison. Si M. de Saint-Quentin n'existait pas, je ne voudrais pas un autre président que Lassalle ; mais de Saint-Quentin prime tout. Quinze mille francs chaque année pendant quarante ans ! Faites un peu le total. La fortune de Lassalle est trop médiocre pour lui permettre de donner beaucoup aux pauvres. Il n'y a aucune comparaison à établir entre les services rendus par ces deux hommes. Aussi, quelque aveugle que soit d'habitude le suffrage populaire, je suis convaincu qu'il se montrera aujourd'hui clairvoyant.

SCÈNE V

LES PRÉCÉDENTS, ROBERT

LE PRÉSIDENT. — Déjà de retour ! Vous n'avez pas eu le temps de voter ?

ROBERT. — Je vous demande pardon ; la salle du vote est en face, et je suis arrivé au moment où l'on allait opérer la clôture du scrutin. J'ai voté, et l'on a aussitôt dépouillé les urnes ; cinq cents bulletins sont bientôt comptés.

LE PRÉSIDENT. — Quel est le résultat?

ROBERT. — Le voici : nombre de votants, 500; M. le docteur Jaucourt, 40 voix...

LE DOCTEUR. — Idiotes.

ROBERT, *continuant*. — M. de Saint-Quentin, 96 voix ;
M. Lassalle, 360.

LE DOCTEUR. — C'est une affreuse ingratitude, une pure
infamie ! Robert, tu peux dire à tes camarades qu'ils
sont... Tenez ! messieurs, adieu ; je m'en vais, j'en dirais
trop !

(*Il sort.*)

SCÈNE VI

LE PRÉCÉDENT, LE RECEVEUR, ROBERT

LE PRÉSIDENT. — Il faut excuser le docteur. Outre qu'il
est de tempérament irascible, M. de Saint-Quentin est son
ami d'enfance. Moi, qui suis plus froid et n'ai avec le concurrent malheureux que des relations de simple voisinage,
j'avoue que je ne m'explique pas la conduite des sociétaires
de *la Prévoyante*. M. de Saint-Quentin était l'homme de la
situation.

LE RECEVEUR. — Ses opinions politiques lui auront nui.
Un légitimiste, songez donc ! Mon cocher a quitté son
dernier maître, le comte de Rochenoire, parce qu'on lui
avait persuadé que si le comte de Chambord devenait roi,
M. de Rochenoire ferait manger de l'herbe à ses domestiques
à tous leurs repas.

LE PRÉSIDENT. — Je sais sur ce point les préjugés stu-
pides des paysans et des ouvriers ; cependant, dans l'espèce, ainsi que nous disons au palais, la politique n'a
joué aucun rôle. La preuve, c'est que le concurrent heureux a des opinions identiques à celles du concurrent
évincé.

ROBERT. — M. le président a raison. Ceux qui ont voté
pour M. Lassalle savaient qu'il est royaliste et clérical. Ce
ne sont pas ses opinions politiques et ses croyances religieuses qui ont nui à M. de Saint-Quentin, c'est son
caractère ; je puis le dire, puisque M. le docteur Jaucourt
est absent. M. de Saint-Quentin est trop prudent, trop

circonspect dans sa générosité. Il donne 20 fr., 40 fr., 100 fr.
à une famille, c'est vrai ; mais il lui faut au préalable
l'attestation du maire, le certificat du percepteur, le témoi-
gnage du curé, que sais-je ! Ajoutez à cela qu'il accompagne
ses secours de mercuriales où il entre plus de sévérité que
d'onction. M. Lassalle, lui, n'en cherche pas si long. Il
donne vite, en souriant, et un peu au hasard. Écoutez ceci.
Vous savez que le petit Rondaud tomba, il y a deux ans,
dans la misère, à la suite de spéculations imprudentes.
A peine sait-il le malheur de Rondaud, que M. Lassalle
va voir le pauvre homme, lui presse les mains, l'embrasse
sur les deux joues, lui dit que plaie d'argent n'est pas
mortelle, que rien n'est perdu quand l'honneur reste, etc.
Cela dit, il s'en va, en oubliant 10 fr. sur la cheminée.
M. de Saint-Quentin, lui, s'informe durant huit jours des
affaires de Rondaud, s'assure qu'il est coupable seulement
d'imprudence : après quoi il le fait venir chez lui, le tance
vertement, le conseille longuement et le congédie, sans
l'avoir invité à s'asseoir, avec un billet de 100 fr. dans la
main. Paraît qu'il y a des gens qui préfèrent la bonne
grâce avec laquelle on donne au don lui-même ; ce qui est
sûr, c'est que le petit Rondaud a voté aujourd'hui pour
M. Lassalle.

Le Président. — Je crois que vous avez raison et que
vous nous donnez la véritable explication de l'insuccès de
M. de Saint-Quentin.

Robert. — Certainement. Voici du reste Meunier ; inter-
rogez-le, vous verrez qu'il sera de mon avis.

SCÈNE VII

LES PRÉCÉDENTS, MEUNIER

Le Président. — Pour qui crois-tu, Meunier, que le
petit Rondaud ait voté ?

Meunier. — Pour M. Lassalle, cela ne fait pas l'ombre
d'un doute. Ce n'est pas de l'amitié qu'il a pour lui, c'est

de l'adoration. Parait que M. Lassalle l'a encouragé, consolé et secouru au plus fort de ses malheurs. M. de Saint-Quentin aussi ; mais il est lent, froid et sévère, M. le comte; tant il y a qu'il n'a pas eu la voix du petit Rondaud.

LE PRÉSIDENT. — La cause est entendue, et la religion du tribunal suffisammer : éclairée. Le proverbe a raison : « Celui qui donne vite et gaiement donne deux fois... »

UN COUP DE LANGUE

EST PIRE QU'UN COUP DE LANCE

PROVERBE

PERSONNAGES

Mme DESMARES.
OLIVIER, son neveu.
Mme ALPINIEN.
Mme ROGIER.
Mme MAURICE.
Mme ROBERT.
JOSÉPHINE,
ANNETTE, } servantes de Mme Desmares.

Le théâtre représente le salon de Mme Desmares.

SCÈNE I

JOSÉPHINE, ANNETTE

JOSÉPHINE. — Grâce à Dieu, voilà le salon en ordre. On peut souffler sur les meubles, les fauteuils, les canapés, les étagères, les lampes, la pendule : sur tout, on sera fin si on soulève un grain de poussière. Je ne conçois pas que madame ait pu hésiter l'autre jour lorsque je lui demandai la bagatelle de cinquante francs d'augmentation. Je défie madame de trouver une femme de chambre plus soigneuse et plus laborieuse que moi.

ANNETTE. — Vous ne vous jetez pas la pierre, au moins.

JOSÉPHINE. — Tais-toi, caquet bon bec, et fais-moi le plaisir d'aller repasser ton linge.

ANNETTE. — J'y vais. Comment une personne aussi soigneuse peut-elle oublier ce gros plumeau sur ce guéridon ?

JOSÉPHINE. — Je n'oublie pas mon plumeau, je le laisse à dessein.

ANNETTE. — Ah !

JOSÉPHINE. — Certainement. Ce n'est pas dans la cuisine qu'on se forme au beau langage. Je reviendrai chercher mon plumeau quand le salon sera au complet. Cela me donnera l'occasion de causer avec ces dames.

ANNETTE. — Et d'attraper quelques mots de la conversation, que vous irez répéter partout, selon votre habitude.

JOSÉPHINE. — Veux-tu te taire, impertinente ! Voici madame, sortons.

(*Elles sortent.*)

SCÈNE II

Mᵐᵉ DESMARES

Mᵐᵉ DESMARES, *entrant.* — Deux heures. Ces dames ne tarderont guère à venir. Plus j'y pense, plus je trouve que j'ai bien fait de prendre un jour pour recevoir. Mes mercredis commencent à être connus et appréciés. Je veux, avant une année, avoir plus de monde que la présidente. Je crois que voici Olivier.

SCÈNE III

Mme DESMARES, OLIVIER

OLIVIER. — Bonjour, ma tante.

Mme DESMARES. — Bonjour, beau neveu. Toi aussi, tu choisis les mercredis pour venir me voir ?

OLIVIER. — Mon Dieu, ma tante, je viens quand je puis, et pas aussi souvent que je le désirerais. Figurez-vous que mon travail augmente dans des proportions effrayantes. Je suis écrasé, abîmé.

Mme DESMARES. — Je connais le refrain ; tu pourrais trouver un moyen moins usé pour expliquer la rareté et la brièveté de tes visites. Je suis sûre que tu vas me quitter dès que quelqu'un entrera. Avouez que les mercredis de votre vieille tante sont trop sérieux, trop monotones, trop innocents.

OLIVIER. — Innocents ! innocents ! pas si innocents.

Mme DESMARES. — Tu veux plaisanter, Olivier ?

OLIVIER. — Sans doute ; pourtant, ma tante, permettez-moi de vous dire qu'il se glisse un grain de médisance dans les conversations de vos mercredis.

Mme DESMARES. — Peux-tu appeler médisance quelques nouvelles contées innocemment et écoutées de même !

OLIVIER. — Plusieurs de ces nouvelles contées innocemment et écoutées de même sont des nouvelles inédites et à sensation.

Mme DESMARES. — Par exemple ?

OLIVIER. — Par exemple, ce que nous racontait mercredi dernier Mme Brochard sur le grand-père de Mlle Sauvestre.

Mme DESMARES. — Tu ne connaissais pas cela ?

OLIVIER. — Comment voulez-vous, ma tante, que je connaisse une chose arrivée avant ma naissance, et à cinquante lieues du pays que j'habite ? Je n'étais pas le seul pour qui cette histoire fût nouvelle ; à l'exception de vous

et de Mme Brochard, nous ignorions tous que le grand-père
de Mlle Sauvestre eût été obligé, pour des raisons graves,
de donner sa démission de président de chambre à la cour
d'appel de Bourges. Cela nous a d'autant plus étonnés, que
la famille Sauvestre jouit ici d'une grande réputation d'honorabilité.

Mme DESMARES. — Une réputation qu'elle mérite. La faute
de l'aïeul de M^ll Sauvestre est un de ces malheurs comme
il peut en arriver à toutes les familles. Il est certain que
Mme Brochard n'aurait pas dû ressusciter cette histoire.
Heureusement les paroles volent, et autant en emporte le
vent. Personne autre que toi n'aura pris garde à la médisance de ma vieille amie.

OLIVIER. — Dieu le veuille ! Mlle Sauvestre a un frère qui
est mon meilleur ami, je serais désolé qu'il sût qu'on a mal
parlé de sa famille chez ma tante.

Mme DESMARES. — Je te répète que tu donnes trop d'importance à des propos en l'air. Voici une visite, parlons
d'autre chose.

SCÈNE IV

LES PRÉCÉDENTS, Mme ALPINIEN, Mme ROGIER

Mme DESMARES. — Soyez les bienvenues, mesdames.

(Elle leur approche des fauteuils.)

Mme ALPINIEN. — Il me tardait que votre jour de récep-
tion fût venu.

Mme ROGIER. — J'en dis autant. Je ne pourrais plus me
passer de vos mercredis.

Mme DESMARES. — Vous êtes trop bonnes; tout le plaisir
est pour moi. Que deviendrais-je, vieille et infirme comme
je suis, si quelques personnes d'esprit et de cœur ne con-
tinuaient pas de venir me voir? Quoi de nouveau, mesdames ?

Mme ALPINIEN. — Rien que je sache.

Mme ROGIER. — Alors je suis plus instruite que vous. J'ai appris hier que le mariage de Mlle Sauvestre était rompu.

Mme DESMARES. — Pas possible !

Mme ROGIER. — On me le répétait encore ce matin. Le fiancé et la fiancée sont au désespoir. Il s'agissait d'un mariage d'inclination espéré depuis plusieurs années.

Mme ALPINIEN. — J'ai oublié le nom du fiancé.

Mme ROGIER. — Le fiancé se nomme Jules de la Roche-noire. C'est un homme jeune, beau, riche, spirituel, la perle des maris.

Mme DESMARES. — Pauvre Caroline ! Je comprends son chagrin ; elle a vingt-cinq ans révolus, et c'est le premier parti sortable qui se soit présenté. Le mariage n'est peut-être qu'ajourné ?

Mme ROGIER. — Il est brisé complètement.

Mme DESMARES. — Et pourquoi ?

Mme ROGIER. — Personne n'a pu me le dire.

Mme ALPINIEN. — Il me semble reconnaître le pas de Mme Maurice et la toux de Mme Robert. Ces dames nous renseigneront peut-être.

SCÈNE V

LES PRÉCÉDENTS, Mme MAURICE, Mme ROBERT

Mme ROBERT. — Déjà réunies, mesdames ! Il est à peine deux heures.

Mme ALPINIEN. — Pardon, il est deux heures et demie.

Mme ROBERT. — Alors ma montre va mal. C'est pourtant une montre neuve, que Dubois l'horloger m'avait garantie.

Mme ALPINIEN. — Comment pouvez-vous acheter chez un pareil homme ? Il ne saurait vendre que des articles de rebut, vu qu'il est sans crédit et sans argent. Un de ces jours il fera banqueroute.

Mme ROGIER. — Et il ne sera pas le seul. La femme du

percepteur m'assurait hier qu'il y avait plus de dix familles notables qui se trouvaient fort au-dessous de leurs affaires. Les faillites et les suspensions de payement vont pleuvoir cet hiver.

Mme ALPINIEN. — Je parierais que les Lenoir se trouvent du nombre des familles ruinées.

Mme ROGIER. — En effet.

Mme DESMARES. — M. Jolibois doit en être aussi.

Mme ROGIER. — Il tient la tête. Quinze jours ne se passeront pas sans qu'il ait déposé son bilan.

Mme ALPINIEN. — Je n'en suis pas étonnée. Tout le monde sait que Jolibois est un joueur.

Mme ROGIER. — Et sa femme une glorieuse.

Mme MAURICE. — Et les fils Jolibois des débauchés.

OLIVIER, *bas à sa tante.* — Elle est jolie, l'innocence de vos mercredis!

Mme DESMARES, *bas à son neveu.* — Tais-toi. (*Haut.*) Ne trouvez-vous pas, mesdames, que nous pourrions ménager un peu plus ce pauvre prochain? Voici mon neveu Olivier qui grille de savoir la cause de la rupture du mariage de M. de la Rochenoire avec Mlle Sauvestre.

Mme MAURICE. — Je puis renseigner M. Olivier. La rupture vient du côté des Rochenoire. Le mardi 7 octobre, les choses allaient sur des roulettes. On devait signer le contrat jeudi. Malheureusement un incident est survenu le mercredi, qui a tout brisé sans espoir de raccommodement. Vous savez combien les Rochenoire sont fiers et pointilleux sur les questions d'honneur. M. de Rochenoire père reçoit mercredi soir un billet anonyme dans lequel on lui dit que le grand-père de Mlle Sauvestre, sa future belle-fille, avait été obligé de donner sa démission de président de chambre à la cour d'appel de Bourges, pour malversations et abus pratiqués dans l'exercice de sa charge. Notre gentilhomme n'hésite pas; il prend l'express, se rend à Bourges, s'assure que le billet anonyme a dit vrai et revient ici signifier à son fils qu'il ne doit plus songer à la main de Mlle Sauvestre. Vous jugez du désespoir du jeune homme. Celui de la jeune fille a été plus grand peut-être. Il faut cependant qu'ils en prennent leur parti. Jamais, du vivant de M. de Rochenoire père, ils ne s'épouseront.

Mme ROGIER. — L'auteur du billet anonyme est bien cou-

pable. Pourquoi aller ressusciter une vieille histoire incon-
nue ici et oubliée depuis longtemps à Bourges ? Le dénon-
ciateur doit être un jaioux et un méchant.

OLIVIER. — Oui; mais j'ai des raisons de croire qu'il n'est
que l'écho d'un médisant. Ah ! mesdames, mesdames, surveillez vos paroles tous les jours de la semaine, et en particulier les mercredis; car, en vérité, « un coup de langue est
pire qu'un coup de lance. »

COMME ON FAIT SON LIT, ON SE COUCHE

PROVERBE

PERSONNAGES

Mme BERNARD, petite rentière.
LOUIS BERNARD, son fils, âgé de seize ans.
Mme MAURICE, petite rentière.

La scène représente une chambre de l'appartement
de Mme Bernard.

SCÈNE I

Mme BERNARD, LOUIS

Mme BERNARD. — Je t'en prie, Louis.

LOUIS. — Non.

Mme BERNARD. — Ne serait-ce que pour me faire plaisir !

LOUIS. — Non ! non !

Mme BERNARD. — Je t'en supplie.

Louis. — Non! non! non! je n'irai pas voir cette vieille perruque.

Mme Bernard. — Alors tu me refuses?

Louis, *d'un ton insolent.* — Mais oui.

SCÈNE II

Mme BERNARD

Mme Bernard. — Ah! mon Dieu! mon Dieu! on a bien raison de dire qu'il n'y a plus d'enfants. Si à seize ans mon fils me manque aussi gravement de respect, que fera-t-il lorsqu'il aura atteint sa majorité? Car il songe à sa majorité. N'a-t-il pas osé me dire l'autre jour qu'il n'avait plus que quatre ans onze mois et trois jours pour avoir droit à la succession de feu son père? Il ne se passe pas de semaine que je ne sois offensée, pour ne pas dire insultée, par mon propre et unique fils. Et Dieu sait si je ne fais pas tout mon possible pour éviter les occasions de querelle! Pouvais-je ne pas recommander à Louis d'aller voir son parrain, qui relève d'une grande maladie! Appeler vieille perruque un homme aussi honorable que le président Désormeaux! Je suis bien malheureuse! Un enfant pour lequel je me suis sacrifiée! Qui m'empêchait de me remarier après la mort de Bernard? Les partis les plus sortables abondaient chez moi. Non seulement ma famille, mais celle de mon mari défunt, m'engageaient à contracter une seconde union. Je suis restée veuve à vingt-deux ans, afin de garder à mon fils toute ma petite fortune et tout mon cœur.

J'en suis bien récompensée aujourd'hui! Je ne crois pas qu'il existe un garçon de seize ans qui ait donné autant de mal à élever. Le docteur Lenoir m'a dit plus de vingt fois que sans mes soins de jour et de nuit Louis serait mort du mal qui a emporté son père. Il a fait quatre longues et dangereuses maladies, pendant lesquelles il n'a pas eu d'autre garde-malade que moi. J'ai tout abandonné, affaires, rela-

tions, pour soigner mon fils. La santé avant tout. Je crois
bien qu'au fond Louis m'aime. Il faudrait être trop dénaturé
pour ne pas aimer sa mère. Mais, quant à me respecter, il
en est loin.

Voilà l'heure à laquelle vient d'ordinaire Mme Maurice;
essuyons-nous les yeux, et ayons l'air de travailler à ma
tapisserie. Il faut laver son linge en famille, comme dit le
proverbe, et ne pas mettre autrui dans le secret de ses
peines domestiques. Est-elle heureuse, cette dame Maurice! Son fils ne lui parle que la casquette à la main. Il ne
court pas, il vole lorsqu'elle manifeste le plus simple désir.
Cependant, j'ose le dire, Mme Maurice n'a pas fait pour
Paul la moitié des sacrifices que Louis m'a coûtés. La
voilà.

SCÈNE III

Mme BERNARD, Mme MAURICE

Mme MAURICE. — Je vous souhaite le bonjour, madame
Bernard.

Mme BERNARD. — Soyez la bienvenue, chère madame.

Mme MAURICE. — Comment va Louis?

Mme BERNARD. — Très bien, Dieu merci ; et Paul ?

Mme MAURICE. — Sa santé s'est rétablie. Aussi me suis-je
décidée à l'envoyer chez son oncle, à Bordeaux.

Mme BERNARD. — Il doit être content d'aller habiter une
grande et belle ville.

Mme MAURICE. — Au contraire, il ne demande qu'à
rester auprès de moi. Il faudra que je lui ordonne de
partir pour qu'il me quitte. Savez-vous ce qu'il me disait
hier ?

« C'est la première fois, maman, qu'il me coûtera de
vous obéir. »

Il s'agirait d'un village, au lieu de Bordeaux, qu'il irait
sans hésiter sur un signe de moi.

Mme BERNARD, *sanglotant.* — Vous êtes une heureuse
mère.

4*

Mme MAURICE, *lui prenant affectueusement les deux mains.* — Mais vous aussi, chère dame, vous êtes une heureuse mère ; Louis est un charmant enfant, un peu vif peut-être, un peu étourdi, mais qui vous aime de tout son cœur, j'en suis sûre.

Mme BERNARD. — Je l'espère. Je mourrais de chagrin s'il en était autrement. Seulement Louis me parle avec bien peu de respect et me désobéit neuf fois sur dix.

Mme MAURICE. — La proportion est un peu forte.

Mme BERNARD. — Ce n'est pas faute de lui avoir enseigné le respect, l'obéissance et le reste. Vous savez qu'il a eu les mêmes maîtres que votre fils. Peu de mères ont fait, je crois, autant que moi pour leur enfant.

Mme MAURICE. — C'est une justice que tout le monde vous rend ; seulement, voulez-vous me permettre d'être franche avec vous ?

Mme BERNARD. — Je vous en prie.

Mme MAURICE. — Ce que j'ai à vous dire est très délicat.

Mme BERNARD. — Votre mari n'était-il pas le meilleur ami du mien ? Ne sommes-nous pas restées très liées depuis notre veuvage ? Vous m'obligerez de me dire ce qui vous a paru défectueux dans l'éducation de mon fils.

Mme MAURICE. — Eh bien ! je trouve que vous n'avez pas assez tenu à ce que Louis remplît ses devoirs religieux. Il ne va plus à confesse depuis quatorze ans ; c'est à peine si on le voit à l'église ; il ne se gêne pas pour plaisanter de la religion et des prêtres devant vous. Vous lui faites bien quelques remontrances, mais si douces !

Mme BERNARD. — Que voulez-vous ! mon mari, qui était l'honnêteté même, goûtait peu la religion. Mon fils a hérité de ces dispositions. Je l'ai envoyé au catéchisme ; il a fait sa première communion et même sa seconde. A partir de quatorze ans, il a renoncé aux pratiques pieuses, c'est vrai. Qu'y pouvais-je ? Rien n'est libre et sacré comme la conscience. En obligeant Louis d'aller à la messe et à confesse, je risquais d'en faire un hypocrite. Après tout, on peut être honnête homme sans être dévot.

Mme MAURICE. — Je n'en sais trop rien. Ce qui est sûr, c'est que la dévotion ne nuit pas au respect et à l'obéissance. Le précepte qui ordonne d'honorer ses parents est le quatrième du Décalogue. Il est difficile de pratiquer ce

quatrième commandement si on foule aux pieds les trois qui
le précèdent et les six qui le suivent. La religion catholique,
a-t-on dit, est la grande église du respect. Ce mot m'a frap-
pée. J'ai tenu à faire de Paul un catholique, sûre que j'en
ferais par cela même un fils respectueux. Vous voyez que
cela ne m'a pas trop mal réussi.

Mme BERNARD. — Peut-être avez-vous raison. J'aurais
dû veiller avec plus de soin et de fermeté à ce que Louis
remplît ses devoirs religieux. Je réparerai mes torts. Pas
plus tard que dimanche prochain, j'insisterai pour qu'il
m'accompagne à la messe, et je lui citerai l'exemple de
Paul, un garçon de son âge, qu'on voit à l'église à côté de
sa mère.

Mme MAURICE. — Je crois que vous agirez sagement. Ne
vous rebutez pas des premiers refus. Il serait bon aussi
d'engager Louis à réciter, au moins le soir, la prière avec
vous. Vous pourriez, en récitant le Décalogue, insister
sans affectation sur le précepte : Tes père et mère honore-
ras, afin de vivre longuement. Je crois qu'il est cinq heures.
Au revoir, chère madame. (Elle sort.)

(A part.)

Je crains bien que cette pauvre dame ne s'y prenne trop
tard pour inculquer, à l'aide de la religion, le respect et
l'obéissance à son fils; ainsi que le dit un proverbe un peu
vulgaire : « Comme on fait son lit, on se couche. »

LA CLOCHE DE NOUSCHIRVAN

CONTE

S'étant aperçu que les officiers de sa cour empêchaient
d'arriver jusqu'à lui plusieurs de ses sujets qui venaient
implorer sa justice, le sage Nouschirvan, roi de Perse, fit
construire dans son palais une tour contenant une grosse
cloche. Il voulut que cette tour fût sans aucune porte, de
façon que chacun pût y entrer de jour et de nuit. Des
affiches, collées à la porte de toutes les mairies de l'empire, avertirent les Persans qu'ils n'auraient qu'à sonner
la cloche de la tour lorsqu'ils voudraient parler à Nouschirvan.

Si ce moyen d'obtenir audience du souverain existait en
France, il faudrait remplacer souvent la corde, la cloche et
même la tour, tant on carillonnerait. Il paraît que les Persans y mirent plus de discrétion. Des journées et même
des semaines s'écoulèrent sans que personne sonnât la
cloche. Il faut dire que Nouschirvan ne s'en laissait pas
conter. Il voulait de bonnes preuves et de bonnes raisons.
Par exemple, toute injustice démontrée était sévèrement
punie. Plus d'un grand seigneur persan paya de sa liberté,

de sa fortune ou de sa tête, des exactions qui avant la cloche
eussent passé comme une lettre à la poste.

Une nuit d'hiver, que Nouschirvan ne dormait pas, il lui
sembla entendre la cloche de la tour.

« Timour, dit-il au chambellan de quartier, allez voir qui
sonne à cette heure et par ce froid. »

Timour partit et ne tarda pas à revenir.

« Eh bien ? dit Nouschirvan.

— Il n'y a personne, sire.

— Cependant je jurerais avoir entendu la cloche.

— Les oreilles sacrées de Votre Majesté vous auront tinté,
sire. »

Cinq minutes plus tard, la cloche renvoya un son lent,
faible, comme honteux, mais distinct. Cette fois le chambellan courut à la tour. Il y trouva un vieil âne décharné,
pelé, rogneux, couvert de plaies.

J'y suis, dit à part lui Timour, c'est en se frottant contre
la corde, et en frottant la corde contre la muraille de la tour,
que cette maudite bête aura fait sonner la cloche. Voilà ce
que l'on gagne à laisser ouvertes les portes d'un palais : les
ânes y entrent comme dans un moulin.

« Sire, dit-il à Nouschirvan, je n'ai trouvé au bas de la
tour qu'un âne galeux. C'est cet animal, qu'Allah confonde !
qui aura, en se frottant, sonné la cloche et troublé votre
sommeil impérial et royal. Je l'ai battu et chassé.

— Tu as eu tort, dit Nouschirvan; cours après cet âne et
amène-le-moi. »

Bon! dit Timour à part lui, me voilà devenu ânier. Si l'on
savait combien il faut avoir l'échine souple pour porter,
brodée au bas du dos, la clef du chambellan !

Il retrouva l'âne et l'amena aux pieds de Nouschirvan.
Jamais celui-ci n'avait vu un animal en si piteux état.

« Qu'on aille chercher le ministre de la police, » dit-il.

Le ministre de la police accourut.

Nouschirvan le chargea de découvrir le maître de l'âne.

Il se trouva que ce maître se nommait Djeddo; c'était un
jardinier enrichi en quelques années. Quoiqu'il eût contribué au commencement de cette fortune en portant les
herbes au marché et en rendant d'autres services, l'âne de
Djeddo fut dans sa vieillesse le plus misérable des quadru-
pèdes de la Perse. Travaillant du matin au soir, surchargé,

surmené, roué de coups, nourri, selon la saison, d'eau
claire ou d'eau bourbeuse, la pauvre bête présentait la
peinture achevée de la misère. L'excès de ses infortunes lui
avait fait une célébrité. Lorsqu'on voulait dans Téhéran
parler d'un homme descendu au dernier degré du malheur,
on disait :

« Il est presque aussi à plaindre que l'âne de Djeddo. »

Nouschirvan fit venir l'ancien jardinier, lui reprocha
sévèrement sa barbarie et l'obligea à faire à son âne une
rente qui lui assura du foin et de la litière pour le reste
de ses jours. Le lendemain parut une loi qui punissait
de l'amende et de la prison les Persans qui maltraite-
raient les animaux domestiques. On voit que la loi Gram-
mont et la société protectrice des animaux ne datent pas
d'hier.

Ce n'est pas tout. En y réfléchissant, Nouschirvan se dit
qu'un homme cruel envers les animaux doit l'être envers ses
semblables. D'ailleurs, il se piquait d'être physionomiste,
et la figure de Djeddo lui avait déplu. Les faits et gestes du
jardinier, passés au crible, donnèrent pour résidu quantité
de délits et plusieurs crimes. En conséquence, l'ancien jardinier fut condamné à être empalé vif.

Nouschirvan voulut qu'il fût conduit au supplice monté
sur son âne.

« Tant il est vrai, dit l'auteur persan, qu'il suffit d'une
goutte d'eau pour faire déborder le vase, et qu'on a vu des
fautes légères amener la découverte et la punition de grands
crimes. »

Il y a bien d'autres récits sur la cloche de Nouschirvan.

Un auteur persan raconte qu'un père, s'étant dépouillé de
tous ses biens en faveur de son fils unique, se vit refuser du
pain par ce monstre. Il se rendit, du fond de sa province,
à Téhéran, et alla sonner la cloche. Nouschirvan ôta à ce fils
dénaturé la succession dont il s'était rendu indigne, et la
donna aux établissements charitables de la capitale, à l'exception d'une somme d'argent destinée à payer la pension
du père dans un asile d'aliénés.

« D'où il est légitime d'inférer, dit l'auteur persan, que
le sage roi de Perse regardait comme un fou et traitait
comme tel le père qui se dépouillait de son bien avant sa
mort. »

Il paraît que beaucoup de fonctionnaires, — une race difficile à contenter en Perse, — allaient sonner la cloche. L'un d'eux, qui avait une place correspondant à peu près à celle de nos sous-préfets actuels, se plaignait à Nouschirvan de la modicité de son traitement. Le roi de Perse lui demanda à quelle somme montait ce traitement.

« A mille sequins, dit le fonctionnaire.

— Très bien, dit Nouschirvan ; et combien donnes-tu à ton secrétaire ?

— Cinquante sequins, sire.

— Je porte, dit le roi, tes appointements à douze cents sequins, sur lesquels tu en prendras deux cents dont tu augmenteras les honoraires de ton secrétaire. Cela lui fera deux cent cinquante sequins. Ce n'est pas trop pour un homme chargé de famille. »

Depuis ce temps-là, on dit en Perse d'un homme qui a fait obtenir à un autre ce qu'il sollicitait pour lui-même : « Il a sonné la cloche pour son prochain. »

La femme d'un ouvrier allait se plaindre à Nouschirvan de son mari, qui dépensait pour lui seul le salaire de sa journée, et la réduisait, elle et ses enfants, à vivre depuis cinq ans d'eau et de concombres.

L'ouvrier fut arrêté le jour même et conduit dans une geôle noire et étroite, où il fut gardé un mois, nourri d'eau claire et de concombres plus ou moins mûrs.

A peine sorti, il alla sonner la cloche. Introduit en présence de Nouschirvan, il se plaignit amèrement d'avoir été arrêté sans mandat et condamné sans jugement à un mois de dure prison.

« Si encore, disait-il, on m'avait donné ce qu'on ne refuse pas aux plus grands criminels, du pain ; mais je n'ai été nourri que de concombres ! »

Il insistait sur les concombres.

« Misérable ! lui dit Nouschirvan, oses-tu te plaindre d'avoir supporté pendant un mois un régime que, par ta faute, ta femme et tes enfants endurent depuis cinq années ! Retire-toi, et que désormais ta famille n'ait plus à se plaindre de toi ; autrement, gare au pal ! »

On ne saurait croire, disent les auteurs persans, le bien que produisit la cloche de Nouschirvan et le mal qu'elle empêcha. Ils ajoutent naïvement qu'on devrait bien rétablir une aussi utile institution. Hélas! le vœu n'est pas aussi facile à exécuter qu'ils se l'imaginent. Les tours, les cordes et les cloches ne manquent pas en Perse et ailleurs ; ce sont les souverains comme Nouschirvan qui manquent et qui manqueront longtemps, s'il est vrai, comme le dit une maxime occidentale, que les peuples ont les souverains qu'ils méritent.

DIEU MESURE LE FROID

A LA TOISON DE LA BREBIS

PROVERBE

PERSONNAGES

SŒUR PHILOMÈNE, religieuse de Saint-Vincent-de-Paul.
ROBERT, ouvrier mécanicien.
MARGUERITE, dix-neuf ans, fille de Robert.
LOUIS SÉVERIN, vingt-quatre ans, neveu de Robert.

ACTE I

La scène représente une pièce, au rez-de-chaussée, du logement
occupé par la famille Robert.

SCÈNE I

SŒUR PHILOMÈNE, MARGUERITE

Sœur Philomène. — La fièvre est-elle revenue, mon
enfant ?

Marguerite. — Oui, ma sœur, et si forte, que le docteur
Dupré a dit qu'il ne répondait pas de la vie de mon père si

un troisième accès survenait. Aussi vous me voyez au
désespoir.

SŒUR PHILOMÈNE. — Il ne faut jamais désespérer ; la
puissance et la bonté de Dieu sont si grandes !

MARGUERITE. — Je ne compte plus que sur elles !

SŒUR PHILOMÈNE. — Vous avez raison. C'est souvent
lorsque tout semble perdu que Dieu intervient et sauve tout.
Seulement la confiance et l'espérance ne doivent pas empêcher de prendre les mesures que la prudence suggère.
Avez-vous conseillé avec ménagement à votre père de mettre
ordre à sa conscience ?

MARGUERITE. — Pas encore, ma sœur.

SŒUR PHILOMÈNE. — Il faut y penser, mon enfant.

MARGUERITE. — C'est bien difficile ! Mon père n'a pas
la foi. Je vous le dis tout bas : il est persuadé que la Providence n'est qu'un mot, et que Dieu ne s'occupe pas de
nous.

SŒUR PHILOMÈNE. — A-t-il toujours été ainsi ?

MARGUERITE. — Non, ma sœur. Il a été bon chrétien et
même pieux. Il ne touchait pas à un outil le dimanche,
entendait la messe ce jour-là, communiait à Pâques et à
Noël. Quand je songe que ce pauvre père, qui blasphème
aujourd'hui, était à mes côtés à la sainte table le jour de ma
première communion !

(Elle pleure.)

SŒUR PHILOMÈNE. — Courage, mon enfant. Le bon Dieu
ne permettra pas la perte éternelle d'un père pour lequel
on pleure et on prie de la sorte. Continuez-moi votre entière
confiance. Quelle est, pensez-vous, la cause à laquelle il faut
attribuer le changement survenu dans les croyances de
M. Robert ? Lit-il de mauvais journaux ? fréquente-t-il des
camarades impies ?

MARGUERITE. — Non, ma sœur. Papa a perdu la foi à la
suite des malheurs survenus à notre famille, et en particulier
à ma tante Séverin. *(Elle s'arrête et prête l'oreille.)* Papa
m'appelle, je monte ; je reviendrai lorsqu'il n'aura plus
besoin de moi. Veuillez m'excuser.

SCÈNE II

SŒUR PHILOMÈNE

Sœur Philomène. — Qu'un ivrogne, qu'un paresseux, qu'un débauché soient incrédules, cela s'explique jusqu'à un certain point ; mais comment un aussi honnête homme que Robert en est-il là ?

SCÈNE III

LA PRÉCÉDENTE, MARGUERITE

Marguerite. — Je suis bien heureuse, malgré mes inquiétudes. Croiriez-vous, ma sœur, que papa nous a entendues causer ? Il a voulu savoir à qui je parlais. Je vous ai nommée, en ajoutant que vous désireriez le voir si votre visite ne devait pas l'importuner. Il m'a répondu : « Pourquoi veux-tu que je sois importuné par la visite d'une personne qui aime tant ma fille chérie ? Fais monter sœur Philomène, j'ai besoin de lui parler. »

ACTE II

La scène représente la chambre à coucher de Robert.

SCÈNE I

ROBERT, couché dans son lit; sœur PHILOMÈNE
assise à son chevet.

ROBERT. — Je vous en prie, ma sœur, aimez ma pauvre Marguerite pour deux, si je viens à mourir. Servez-lui de mère, puisqu'elle a eu le malheur de perdre la sienne.

SŒUR PHILOMÈNE. — Vous vous exagérez le danger de votre situation, monsieur Robert. J'ai l'habitude des malades, et je vous assure que j'en vois tous les jours en bonne santé qui ont été beaucoup plus malades que vous ne l'êtes ; j'oserais presque répondre de votre guérison, si vous vouliez prendre les remèdes nécessaires.

ROBERT. — Je prendrai tout ce qu'il faudra. Quels sont ces remèdes ?

SŒUR PHILOMÈNE. — Les sacrements de l'Église.

ROBERT. — Je vous en prie, ma sœur, ne parlons pas de cela.

SŒUR PHILOMÈNE. — Au contraire, parlons-en. On dirait, à vous entendre, que vous méprisez la religion ; on m'a dit cependant que vous l'aviez pratiquée autrefois.

ROBERT. — C'est la vérité, ma sœur, et j'aurais continué, si les événements survenus dans ma famille ne m'avaient pas prouvé que Dieu ne s'occupe aucunement de nous. Passons sur la mort prématurée de ma digne femme et sur ma maladie, — quoique je n'aie rien fait qui mérite ces fléaux. — S'il y avait une Providence, ma pauvre sœur Séverin ne se trouverait pas dans la situation où elle est. Joséphine est tout simplement à vénérer et à canoniser. Informez-vous d'elle à Orléans ; toute la ville vous dira

que Mme Séverin, la patronne du magasin le Dé d'Argent,
est une sainte. Figurez-vous qu'à dix-huit ans elle voulait
se faire carmélite ; rien que cela ! Il fallut les larmes de ses
parents et les ordres de son confesseur, qui ne trouvait
pas sa vocation assez claire, pour la détourner de ce
dessein. Mariée, un peu contre son gré, elle a été le modèle
des épouses. De ses huit enfants, l'aîné est prêtre et missionnaire en Chine ; le second est entré chez les frères
des Écoles chrétiennes. Louise, ma filleule, est morte en
soignant une vieille femme atteinte d'une maladie con-
tagieuse et abandonnée par tout le monde. Les cinq
autres enfants sont des modèles de piété, d'obéissance et
de travail. Comment trouvez-vous la famille Séverin, ma
sœur ?

SŒUR PHILOMÈNE. — C'est une vraie famille du bon
Dieu. Mais ne craignez-vous pas de trop parler et de vous
fatiguer ?

ROBERT. — Non, ma sœur, je me sens mieux ; d'ailleurs
j'ai fini. Non contente d'élever aussi pieusement sa nom-
breuse famille, Joséphine a recueilli, en vingt ans, près
de cinquante orphelines auxquelles elle a appris gratis
son état de lingère. Lorsqu'on a dit à Orléans d'une jeune
fille : C'est une ancienne ouvrière du Dé d'Argent, on lui
a délivré un certificat d'honnêteté et d'habileté. Eh bien !
savez-vous ce qui est arrivé à cette sainte-là? Elle a perdu
son mari à cinquante ans, broyé dans un accident de chemin
de fer, et d'une ! Six mois après, une de ses ouvrières, éle-
vée par charité, profite de la confiance qu'on lui témoignait
pour se sauver avec la caisse du Dé d'Argent, trois mille
francs, qui étaient dépensés lorsque la police est parvenue
à découvrir la voleuse ; et de deux ! Quelques semaines se
passent, et le feu prend la nuit à la maison de ma sœur ; et
de trois !

SŒUR PHILOMÈNE. — Il est certain que voilà bien des
malheurs.

ROBERT. — Vous n'êtes pas au bout. Ma sœur était trop
prudente pour ne pas s'être assurée contre l'incendie.
Malheureusement la compagnie l'Incorruptible lui a cherché des chicanes injustes et a entamé un procès qu'elle a
gagné, au scandale de toute la ville d'Orléans. Non seulement ma sœur n'a rien reçu de la grosse somme que lui

devait l'assurance, mais elle a été condamnée aux frais et aux dépens, c'est-à-dire à trois mille francs. Joséphine tombe malade. Elle a affaire à un médecin ignorant qui prend son chagrin pour une pleurésie, et la saigne, la ponctionne, la purge tant et si bien, que ma nièce m'écrivait, il y a quinze jours, qu'il y avait dix-huit chances contre vingt pour que sa mère succombât bientôt. Je parvenais, en travaillant nuit et jour, à aider un peu ma sœur, réduite à la misère, lorsque je suis moi-même tombé malade. Et vous me direz après cela qu'il y a une Providence. Non ! non ! Votre Providence n'est qu'un vain mot.

SCÈNE II

LES PRÉCÉDENTS, MARGUERITE

MARGUERITE, *entrant.* — Papa, mon cousin Louis est en bas. Il apporte de si bonnes nouvelles, qu'elles vont, dit-il, le guérir du coup.

ROBERT. — Fais-le vite monter, alors. (*A sœur Philomène.*) Restez, ma sœur, si vous en avez le loisir ; vous n'êtes pas de trop.

(*Marguerite sort et revient accompagnée de Louis.*)

SCÈNE III

LES PRÉCÉDENTS, LOUIS

LOUIS, *entrant.* — Comment allez-vous, mon oncle ?
(*Il va embrasser Robert.*)

ROBERT. — Un peu mieux, mon cher Louis, mais bien malade encore.

LOUIS. — Je vous apporte des nouvelles qui vont vous

guérir. A peine les avons-nous eues, que ma mère m'a dit :
« Pars, Louis, je ne veux pas que ce soit une sèche lettre
qui apprenne à mon frère les bénédictions dont la Providence
vient de me combler. »

ROBERT. — Cette chère Joséphine ! je la reconnais bien
là ; mais parle, mon garçon, parle.

LOUIS. — D'abord, mon oncle, nous avons reçu des nouvelles de mon frère le missionnaire. Pierre se porte bien et
nous écrit qu'il est monté en grade. Devinez un peu ce qu'est
aujourd'hui ce séminariste parti, il y a vingt ans, simple
sous-diacre.

ROBERT. — Je ne devine pas.

LOUIS. — Pierre est évêque.

ROBERT et MARGUERITE, ensemble. — Évêque ! Est-ce
possible ?

LOUIS. — Certainement. Mon frère est évêque de Flaviopolis. Pourquoi ai-je oublié sa lettre ! Vous verriez qu'il
signe simplement Pierre, avec une croix devant son nom, ni
plus ni moins que l'évêque d'Orléans. Nous le verrons avant
trois ans, parce qu'il sera obligé de venir en France pour
les besoins de son diocèse. C'est ça un diocèse ! Il est grand,
nous écrit monseigneur, comme le quart de la France. Ce
n'est pas tout. Vous ne savez peut-être pas que ma mère
avait obtenu l'assistance judiciaire pour plaider en appel
contre la compagnie *l'Incorruptible* ?

ROBERT. — Non.

LOUIS. — Nous comptions si peu sur ce procès en appel,
que nous n'y pensions plus du tout, lorsque le même courrier qui nous a apporté la lettre de l'évêque de Flaviopolis
nous en remet une autre, nous apprenant que la cour
d'appel a cassé le jugement du tribunal d'Orléans. Notre
avoué écrit en toutes lettres : « Madame, la compagnie
l'Incorruptible vient d'être condamnée à vous payer soixante-
dix mille francs, avec l'intérêt à cinq à partir du lendemain de l'incendie. Elle est, en outre, condamnée à tous
les frais et dépens. » Ma mère a beau être une sainte, on ne
se résigne pas facilement à voir ses enfants dans la misère ;
cette lettre lui a causé une telle joie, qu'une réaction est
survenue. Le docteur Loriot, le premier médecin d'Orléans,
nous a dit que ma mère était hors de danger ; il a ajouté
que depuis trente-cinq ans qu'il était médecin, c'était la

première personne qu'il voyait guérir d'une semblable
maladie.

ROBERT, *joignant les mains*. — Pardon ! mon Dieu, pardon ! d'avoir douté de votre providence. (*A Louis et à Marguerite*.) Je vous en prie, laissez-moi seul, j'ai besoin de
calme après ces émotions.

LOUIS. — J'aurais un mot urgent à vous dire, mon
oncle.

ROBERT. — Parle alors.

LOUIS, *hésitant*. — C'est que... c'est que... cela ne peut
être dit qu'à vous seul.

SŒUR PHILOMÈNE et MARGUERITE. — Nous sortons.

(*Elles sortent*.)

SCÈNE IV

ROBERT, LOUIS

ROBERT. — Eh bien, Louis ?

LOUIS. — Eh bien, mon oncle, c'est ma mère, c'est moi,
— comment arranger cela ? — c'est ma mère et moi qui
vous prions de m'accorder la main de ma cousine Marguerite.

ROBERT, *ému à la fois et souriant*. — Ah ! c'est le mot
urgent que tu avais à me dire ? Nous recauserons de cela
à loisir.

LOUIS. — Je vous en prie, mon oncle, ne me laissez pas
repartir sans me charger d'une bonne nouvelle pour maman ;
je suis sûr qu'elle amènerait sa guérison.

ROBERT. — Mais tu viens de me dire que le médecin
regarde ta mère comme hors de danger.

LOUIS. — Sans doute ; pourtant elle est encore bien malade. Son médecin est un docteur Tant-mieux, qui n'estime
les gens malades que lorsqu'ils sont à l'agonie. Ma mère
souhaite depuis si longtemps ce mariage ! La nouvelle qu'il
est certain la guérirait complètement. Je vous en prie, mon
bon oncle, dites oui.

ROBERT, *riant*. — Que je dise oui? Me prends-tu pour la fiancée, et te crois-tu devant le maire et le curé? Qu'est devenu le temps où les jeunes patriarches travaillaient sept ans gratis chez leurs futurs beaux-pères avant d'obtenir la fille de la maison? Depuis l'invention des chemins de fer il faut que tout aille à la vapeur. Appelle ta cousine.

LOUIS, *allant à l'escalier*. — Marguerite! Marguerite!

SCÈNE V

LES PRÉCÉDENTS, MARGUERITE

MARGUERITE. — Me voici; j'étais allée accompagner jusque dans la rue sœur Philomène.

ROBERT, *appelant sa fille*. — Viens me parler, mon enfant.

(*Marguerite s'approche du chevet du lit; son père lui parle quelque temps; elle rougit et embrasse Robert sans mot dire.*)

ROBERT, *à Marguerite et à Louis*. — Embrassez-vous, mes enfants. Puisse le bon Dieu bénir ces fiançailles! J'ai bon espoir que je verrai votre mariage, je me sens beaucoup mieux.

MARGUERITE. — Je crois bien! le docteur avait dit que le troisième accès vous prendrait, s'il devait venir, à deux heures; or quatre heures viennent de sonner, vous voyez bien que l'accès ne viendra pas.

ROBERT. — Tu as raison. La Providence me comble, et moi qui la blasphémais! Oui! oui! Dieu voit tout et s'occupe de tout. Il nous éprouve parfois, mais jamais au-dessus de nos forces. Le proverbe a raison : « Dieu mesure le froid à la toison de la brebis. »

UN MOUCHARD

. . . .

Lorsque j'étais conseiller à la cour d'appel de X..., me dit M. de Salviac, président de chambre en retraite, je faisais partie d'une conférence de Saint-Vincent-de-Paul dont j'étais certainement le membre le moins actif. Il m'arrivait pourtant de faire, de loin en loin, quelques visites au domicile des pauvres. J'avais pour compagnon dans cette œuvre charitable un fabricant en toiles nommé Étienne Renaudot, mais désigné plus communément sous le nom de M. Étienne. Je n'avais qu'à me louer de la complaisance et de la déférence de mon *socius*. Même dans les sociétés de Saint-Vincent-de-Paul, la condition sociale s'impose. Il était évident que M. Étienne, petit industriel, se trouvait honoré d'être traité sur le pied d'égalité par un membre de la haute magistrature. Il se montrait réservé, j'étais cordial ; bref, nous nous entendions à merveille, lorsqu'une observation d'un de mes collègues à la cour vint troubler la sérénité et la sécurité de ces relations.

« Vous êtes toujours membre de la société de Saint-Vincent-de-Paul, Salviac ? me dit le conseiller Ragois.

— Toujours, monsieur Ragois.

— Et avec qui faites-vous vos visites au domicile des pauvres, si je ne suis pas trop curieux ?

— Avec un petit fabricant de toiles nommé Étienne Renaudot.

— Vous êtes sûr de l'honorabilité de ce monsieur ?

Mais oui.

— Tant mieux. On m'avait assuré que votre fabricant de toiles était de la police secrète. Une chose certaine, c'est qu'il va tous les quinze jours chez le commissaire central.

— Ne pensez-vous pas, mon cher, qu'on peut aller chez le commissaire central, sans être pour cela de la police secrète ?

— Assurément. Je ne tirerais aucune conséquence de quelques visites au chef de la police. Ce qui me frappe et m'inspire des soupçons, c'est que votre fabricant de toiles va chez le commissaire central, depuis un an, tous les quinze jours, et le vendredi soir à huit heures. »

M. le conseiller Ragois appuya sur la fin de sa dernière phrase, afin sans doute de me la mettre dans la tête.

Je la retins, en effet.

Quelle que soit la nécessité d'une police secrète, il me répugnait extrêmement de traiter en égal un de ses membres. Je résolus de vérifier par moi-même les assertions précises et circonstanciées de Ragois.

Elles étaient de la dernière exactitude.

Pendant six vendredis, je vis M. Étienne entrer le soir, à huit heures, chez le commissaire central.

J'allai raconter simplement la chose au président de la conférence.

« Mon cher confrère, me dit le président, il ne faut pas juger sur les apparences. Si, comme moi, vous connaissiez M. Étienne depuis vingt ans, vous vous feriez scrupule de mal juger un aussi fervent chrétien. Je vous avoue que je ne me sens pas le courage d'affliger et d'humilier notre confrère par des questions délicates, pénibles, et, à mon avis, inutiles. Cela ne m'empêche pas de comprendre et de respecter vos susceptibilités.

« Rien n'est plus facile que de vous donner un autre compagnon qu'Étienne pour vos visites aux pauvres. Que

dites-vous du jeune Desmares ? C'est un jeune homme
plein de zèle et d'ardeur, auquel votre expérience serait
très utile. »

Je répondis à M. le président de la conférence que je réflé-
chirais, et qu'en attendant je continuerais à faire les visites
charitables en compagnie de M. Étienne.

J'essayai sincèrement d'oublier cet incident et de témoi-
gner au fabricant de toiles la franchise et la cordialité d'autrefois. Je crois que j'y aurais réussi sans quelques propos
arrivés jusqu'à mes oreilles.

Un soir que je me promenais, j'entendis sans le vouloir
la conversation de deux ouvriers qui marchaient devant
moi.

« Vois-tu, dit l'un d'eux, tous ces messieurs de la société
de Saint-Vincent-de-Paul sont des mouchards.

— Tous, répondit l'autre, c'est peut-être dire beaucoup;
mais, pour sûr, plusieurs sont de la police : par exemple.
M. Étienne, le fabricant de toiles. Tous les quinze jours il
va au rapport chez le commissaire central. »

Cette fois, l'hésitation n'était plus possible. Je résolus
d'interroger directement et carrément M. Étienne.

« Vous allez bien souvent chez le commissaire central,
lui dis-je le dimanche suivant.

— En effet, me répondit-il, j'y vais tous les quinze
jours, le vendredi soir. Figurez-vous que j'ai, parmi mes
ouvriers tisserands, un pauvre diable, nommé Millériot,
qui a fait dix années de maison centrale et se trouve
pour dix autres années sous la surveillance de la police.
En leur qualité de démocrates et d'amis du peuple, mes
ouvriers sont durs et sans pitié. Ils ne manqueraient pas
de faire cent misères à Millériot s'ils connaissaient ses
antécédents. Peut-être même pousseraient-ils la pudeur
et l'indignation jusqu'à venir me demander son renvoi de
l'atelier. Ce serait un malheur, car l'ancien pensionnaire
de la maison centrale est une nature plutôt faible que mauvaise. Il est dans la voie du travail et de l'honnêteté;
j'espère l'y maintenir avec des ménagements et de la bien-
veillance. A force de supplications, j'ai obtenu de M. le
commissaire central que mon protégé fût exempté de se
présenter aux bureaux de la police, ce qui n'eût pas manqué de faire connaître sa situation. C'est moi qui fais à sa

place, tous les quinze jours, la visite réglementaire. Le commissaire veut bien se contenter de l'attestation que je lui donne que Millériot réside dans la ville et sous mon toit. Cet expédient a réussi jusqu'ici à tenir cachée la situation de mon ouvrier. Aussi gardez-moi, je vous prie, le secret de cette communication.

— Bien entendu, répondis-je ; mais ne craignez-vous pas que vos visites fréquentes au siège de la police ne soient mal interprétées ?

— Bah ! dit-il, le disciple n'est pas au-dessus du maître. Si on a accusé le Christ d'être possédé du démon, on peut soupçonner un chrétien d'être bien avec la police. On ne servirait ni Dieu ni le prochain, si on s'inquiétait trop des coups de langue des sots et des méchants. Au pis aller, on ne peut m'accuser que d'être un mouchard. Que m'importe? En ma qualité de catholique militant, je suis déjà tartufe, clérical, jésuite à robe courte, etc. Fais ce que dois, advienne que pourra. La reconnaissance de ce pauvre Millériot, surtout sa bonne conduite, me dédommagent amplement de quelques propos calomnieux qui ne seront accueillis que par des gens qui ne me connaissent pas. »

Tel était l'homme qu'on accusait d'être un mouchard.

Combien je me repentis de mes jugements téméraires et de mes soupçons !

LE PARAPLUIE DE SOIE ROUGE

C'était la Saint-Sylvestre et le dernier jour de l'année 1875 ; on causait, dans le salon de Mᵐᵉ des Barres, des corvées qu'apportait avec lui le premier jour de l'année nouvelle ; on s'accordait à critiquer la tyrannie des étrennes.

Seuls M. le curé de Saint-Lucien et Mᵐᵉ des Barres persistaient à soutenir l'antique usage.

« *Beatius est dare quam accipere :* Il y a plus de bonheur à donner qu'à recevoir. C'est la sainte Écriture qui nous enseigne cela, disait le curé.

.— Et elle a raison, ajouta Mᵐᵉ des Barres. Comptez-vous pour rien, messieurs, la joie dont vous allez combler demain vos fils, vos filles, vos neveux, vos filleuls, vos domestiques, vos servantes, vos portiers et votre facteur, avec des jouets d'enfants, des sacs de bonbons et quelques pièces blanches ou jaunes !

.— Mais, dit le sous-préfet, il n'est pas sûr du tout que nos étrennes contentent tout ce monde-là. Il est plus probable qu'elles feront des mécontents et des ingrats. Tel enfant à qui vous donnerez un fusil voulait une bêche ;

telle jeune fille à qui vous portez un bracelet souhaitait des boucles d'oreilles; telle servante vous accuse de ladrerie en prenant vos dix francs au lieu du louis de vingt francs qu'elle espérait.

— Vous exagérez beaucoup, monsieur le sous-préfet, répliqua Mme des Barres; d'ailleurs, c'est la faute de ceux qui donnent, si ceux qui reçoivent ne sont pas satisfaits. Il faut distribuer ses étrennes avec intelligence, au lieu de s'en débarrasser comme d'une corvée. Il faut prendre la peine d'examiner quel est le don qui sera le plus utile ou le plus agréable. Quant à moi, je soutiens avec le proverbe que les petits cadeaux entretiennent l'amitié. Je vais même plus loin, et je dis qu'ils provoquent la reconnaissance, le dévouement, les sentiments les plus nobles et les plus généreux. Je n'oublierai jamais ce que j'ai dû à un très léger cadeau fait à propos. Écoutez plutôt :

« J'avais douze ans lorsque ma mère me mena voir en Limousin une vieille parente. J'ai vu rarement des relations aussi respectueuses et aussi cordiales que celles qui existaient entre ma tante et ses fermiers et métayers. La femme d'un de ces derniers ayant mis au monde une fille, ces braves gens me firent l'honneur de me choisir pour marraine. C'était la première fois que cela m'arrivait, aussi fus-je très sensible à cette attention. Je me promis bien de ne pas oublier la petite Louise Mortager, tenue par moi sur les fonds du baptême. Hélas ! ma grand'tante mourut ; nous ne retournâmes plus en Limousin, et j'oubliai ma filleule. Je dois dire à ma décharge que ni ma filleule ni ses parents ne me donnèrent aucun signe de vie.

« J'avais trente ans, et il y avait déjà longtemps que j'étais mariée et mère de famille, lorsque je reçus une lettre de Louise Mortager. Ma filleule m'écrivait qu'étant à la veille de se marier, elle surmontait sa timidité et se permettait de m'écrire pour me demander ma bénédiction et mes prières. Cette lettre, courte et simple, respirait le désintéressement, l'honnêteté et la sincérité. Cela, plus encore que les convenances, m'amena à joindre un petit cadeau à la bénédiction et aux prières qui m'étaient demandées. Mais qu'offrir ? J'étais fort embarrassée. Depuis dix-huit ans, le luxe avait dû faire des progrès dans les campagnes limousines. Mon mari et mon frère me conseillaient d'envoyer un beau louis de cinquante francs tout neuf, assurant que ce cadeau serait fort prisé. Je priai ces messieurs de s'occuper de leurs affaires. Je rougissais rien qu'à la pensée d'envoyer de l'argent en réponse à la sincère et bonne lettre de ma filleule.

« Cependant il fallait se décider, le mariage devant se faire à la fin de la semaine. L'idée me vint d'écrire à M. le curé de Vaulry. Vaulry était la paroisse de ma filleule. Je priai M. l'abbé Merlin de me dire quel était, vu l'usage du pays, le cadeau qui serait le plus agréable à sa jeune paroissienne.

« Il me répondit, par le retour du courrier, que rien ne plairait autant à Louise Mortager qu'un beau parapluie de soie rouge enfermé dans son fourreau de lustrine verte. Le goût parisien et le goût limousin diffèrent sans doute, car je visitai plus de dix magasins sans pouvoir rencontrer le parapluie que je cherchais. De guerre lasse, je dus faire fabriquer exprès mon cadeau. Pour quarante francs j'eus un magnifique parapluie. Le marchand m'assura qu'on ne pouvait faire que sur commande un objet aussi soigné; qu'il se ruinerait à garder en magasin une pareille marchandise. Le fait est que mon parapluie était superbe. Grand, solide, élégant, léger, mon cadeau était d'une couleur écarlate à faire pâlir la robe d'un cardinal.

« La lettre de remerciement que je reçus quelques jours après le mariage s'élevait jusqu'au lyrisme champêtre. Il paraît que, le jour même du mariage, quelques gouttes d'eau tombées d'un nuage gris avaient fourni un prétexte plausible au déploiement du magnifique parapluie de soie rouge venu de Paris. Le succès avait été complet. On en avait parlé, non seulement à Vaulry, mais à Blon, à Berneuil, à Chamboret et à Breuillauf. La mariée, qui signait maintenant Louise Mortager, femme Nicolas, m'écrivait qu'elle était à ma disposition, de jour et de nuit, à pied, à cheval et en voiture. Je n'avais qu'à parler si j'avais besoin de son sang.

« Quelques années s'écoulèrent, nous arrivâmes en 1870, à la fatale déclaration de guerre et à l'invasion allemande. Lorsque les Prussiens ne furent plus qu'à huit jours de Paris, je dus prendre un parti. Je ne voulais pas abandonner mon mari, retenu dans la capitale par son courage et son patriotisme, encore plus que par ses fonctions. D'autre part, trois médecins, consultés séparément, s'accordaient à me dire qu'il fallait soustraire aux rigueurs et aux privations probables du siège la frêle santé de Jeanne, de Pierre et de Léon.

« Ma sœur et le frère de mon mari habitaient des départements envahis ou sur le point de l'être ; ils ne pouvaient donc se charger de nos enfants. Nous avions bien

On causait, dans le salon de Mme des Barres, des corvées du premier jour de l'an.

une ferme dans la Charente ; mais ces cupides vignerons n'inspiraient aucune confiance à mon mari et à moi. Que faire ? Tout d'un coup une idée lumineuse s'offrit à mon esprit.

« — Nous sommes sauvés, dis-je à mon mari. Je pars pour Vaulry en Limousin. Je trouverai là, dans ma filleule, une vraie mère pour nos enfants.

« — Mais, m'objecta mon mari, ta filleule n'est qu'une paysanne et...

« — Une paysanne qui est bonne chrétienne et qui a du cœur est une gouvernante préférable à beaucoup de dames. D'ailleurs nous n'avons pas le choix.

« — Agis selon ton inspiration, » répondit mon mari.

« Vingt-quatre heures plus tard, j'arrivais dans le petit

3*

bourg limousin. Je renonce à dépeindre l'empressement
avec lequel je fus reçue par Nicolas et sa femme.

« — Madame, me dit ma filleule, retournez sans crainte
auprès de monsieur votre mari. Je vous remplacerai auprès
de vos enfants autant qu'une mère peut être remplacée. »

« Nicolas, lui, jura de protéger Jeanne, Pierre et Léon
au péril de sa vie, et de s'en aller avec eux en Auvergne et
même plus loin, si les Prussiens envahissaient le Limousin.

« J'eus bien de la peine à faire accepter de l'argent à
ces braves gens. Il me fallut leur faire remarquer qu'il leur
en faudrait, et beaucoup, dans le cas où l'arrivée des
Prussiens les obligerait de quitter leur village et leur province natale.

« Nicolas et sa femme tinrent les promesses qu'ils m'a-
vaient faites. Je retrouvai, après la guerre, mes enfants
grandis, fortifiés, ayant même fait des progrès dans le
catéchisme, la lecture et l'écriture, grâce au concours de
M. le curé de Vaulry.

« Votre petite Jeanne, me dit ce dernier, a été, tout
de suite après votre départ, assez sérieusement malade ;
mais elle a été soignée par votre filleule avec tant de
dévouement et d'intelligence, qu'elle n'a guère tardé à
guérir, quoique le médecin eût de grandes inquiétudes
sur le résultat de la maladie. La femme de Nicolas joi-
gnait les prières les plus ferventes aux soins matériels.
Elle vint un jour me demander si elle ne commettrait
pas un péché en priant Dieu de prendre un de ses
enfants plutôt que de permettre la mort de votre petite
Jeanne. »

« La meilleure preuve des soins prodigués à mes enfants,
ce furent les larmes que versèrent Jeanne, Pierre et Léon
lorsqu'il fallut quitter les Nicolas, Vaulry et le Limousin.
Je crois qu'ils avaient moins pleuré en se séparant de
leur père et de moi. Il était temps que la guerre finît :
ma filleule allait me prendre une partie du cœur de mes
enfants.

« Vous comprenez, continua Mme des Barres, que mes
relations avec ma filleule ne cessèrent pas avec le service qu'elle m'avait rendu. Nous avons eu le plaisir,
mon mari et moi, d'être utiles à notre tour aux enfants

des époux Nicolas, qui ont fait, les fils, d'excellents laboureurs, et les filles, des fermières et des métayères du premier mérite. Nous envoyons de Paris à Vaulry des conseils, des lettres de recommandation, au besoin un prêt d'argent pour l'établissement d'une fille ou l'achat d'une paire de bœufs ; il nous vient de Vaulry d'excellents fruits, du beurre de première qualité, des servantes laborieuses et pieuses. Bref, la capitale et la province s'aiment et s'entr'aident. C'est à un parapluie, c'est-à-dire à un humble cadeau, que ce résultat est dû. Ne critiquez donc pas plus qu'il ne faut le vieil usage que ramène chaque année le premier jour de l'an.

— Comprenez-moi bien, je vous prie, madame, dit le sous-préfet ; ce ne sont pas les cadeaux en général que je blâme, ce sont les cadeaux du 1er janvier, les coûteuses et sottes étrennes. Si votre parapluie de soie rouge et son fourreau de lustrine verte avaient été envoyés à l'occasion du premier jour de l'an, au lieu de l'être à l'occasion d'un mariage, je suis convaincu que les choses auraient tourné différemment. »

Cette boutade nous fit rire, et chacun se retira, car il était tard, sur cette conclusion du vieux curé :

« Cadeaux du premier jour de l'an ou cadeaux d'un autre jour, la parole de Dieu reste vraie : *Beatius est dare quam accipere* : Il y a plus de bonheur à donner qu'à recevoir. Que les supérieurs et les riches soient généreux et délicats ; que les inférieurs et les pauvres soient peu exigeants et reconnaissants, et conservons l'usage des étrennes comme les autres vieux usages de la France chrétienne. »

PETIT A PETIT L'OISEAU FAIT SON NID

PROVERBE

PERSONNAGES

Mme SIMONIN, trente-deux ans, femme d'un menuisier.
Mme DUBOIS, quarante ans, femme d'un tailleur.
Mme LAPRIE.
Mlle LOUISE ROBERT.

Le théâtre représente une petite pièce au rez-de-chaussée,
servant de salon.

SCÈNE I

Mme SIMONIN, Mme DUBOIS

Mme DUBOIS. — C'est la centième fois au moins que je
vois votre petit salon, et plus je le vois, plus je le trouve
joli.

Mme SIMONIN. — Oh! joli! il n'est que propre, ma chère
voisine.

Mme DUBOIS. — Je vous assure qu'il est joli. Jusqu'à la femme de M. le percepteur, qui disait l'autre jour qu'elle voudrait avoir une pièce semblable.

Mme SIMONIN. — Son salon est cependant beaucoup plus grand et plus riche.

Mme DUBOIS. — Tout ce que vous voudrez, mais je préfère le vôtre. Comment faites-vous donc pour pouvoir vous donner le luxe d'un salon? Je suis obligée de me contenter d'une petite cuisine, de ma chambre et d'une grande pièce pour mes enfants. Un petit appartement au rez-de-chaussée, sans lit, avec deux fauteuils, six chaises neuves et une table couverte d'un joli tapis, c'est mon rêve de jeune fille et de jeune femme. Hélas! ce n'est qu'un rêve, et jamais il ne m'a été possible de me donner ce modeste luxe. Cependant mon mari gagne autant que le vôtre, nous n'avons pas plus de charges que vous, et il y a plus longtemps que nous sommes en ménage. Encore une fois, ma chère voisine, comment faites-vous?

Mme SIMONIN. — J'ai économisé de bonne heure un peu sur tout.

Il m'a fallu huit ans pour mettre de côté les douze cents francs de capital dont le revenu sert à payer le loyer de mon petit salon. Je vous avouerai que plus d'une fois nous avons été tentés, mon mari et moi, d'entamer cette somme.

— Bah! me répétait alors Simonin, comme dit le proverbe: Nos maisons sont nos prisons, mieux vaut se priver de quelques douceurs et être logés convenablement et agréablement.

SCÈNE II

LES PRÉCÉDENTES, Mme LAPRIE

Mme LAPRIE. — Bonjour, mesdames.

Mmes SIMONIN et DUBOIS, *ensemble*. — Bonjour, madame Laprie, bonjour.

Mme SIMONIN. — Faites-moi, je vous prie, le plaisir de vous asseoir.

Mme LAPRIE. — Merci. Veuillez m'excuser, je suis on ne peut plus pressée. Je venais seulement pour vous demander un service. Vous savez que la procession de la Fête-Dieu passe dans mon quartier? Tout le monde met à ses fenêtres son linge le plus beau et le plus fin. Lorsque j'ai voulu chercher le mien, il s'est trouvé qu'il était au blanchissage. On dit, madame Simonin, que vous avez des draps de lit de toile de Hollande; ne pourriez-vous pas m'en confier deux? J'en aurais le plus grand soin, et je vous les rendrais aussitôt la procession passée.

Mme SIMONIN. — Très volontiers.

(Elle sort et revient bientôt avec un paquet de linge qu'elle remet à Mme Laprie, qui le prend et se retire.)

SCÈNE III

Mme SIMONIN, Mme DUBOIS

Mme DUBOIS. — En voilà une à qui les mensonges ne font pas peur. Si sa blanchisseuse n'a pas à lessiver d'autre linge fin que celui des Laprie, la pauvre femme n'en a guère. C'est du linge que vous avez hérité de votre famille, vos draps, n'est-ce pas, voisine? On ne fabrique plus d'aussi belle toile aujourd'hui.

Mme SIMONIN. — Je vous demande pardon. Il n'y a qu'un an que j'ai acheté ces deux draps avec deux autres un peu moins fins. Mon mari aime le beau linge. Nous nous sommes privés d'un voyage en train de plaisir qui nous séduisait fort. Les trains de plaisir passent, et le linge reste.

Mme DUBOIS, *avec un soupir*. — Vous avez raison. Voici quelqu'un. Ça doit être cette étourdie de Louise; je la reconnais à sa démarche.

SCÈNE IV

LES PRÉCÉDENTS, Mme LOUISE ROBERT

LOUISE, *entrant avec précipitation.* — Bonjour, mesdames, bonjour. Dites-moi, je vous prie, madame Simonin, est-il vrai que vous ayez six couverts en ruolz ?

Mme SIMONIN. — Oui, mon enfant.

LOUISE. — Oh ! je vous en prie, madame, prêtez-les-nous jusqu'à demain soir. Figurez-vous que nous attendons mon cousin l'abbé, que nous n'avons pas vu depuis cinq ans. Il nous amène son curé-doyen. Impossible, vous le comprenez, de donner à ces messieurs des cuillers et des fourchettes de fer battu.

Mme DUBOIS. — Pourquoi pas ? Crois-tu que tous les prêtres mangent dans l'argenterie ? J'ai lu la vie d'un saint évêque qui n'avait qu'une écuelle de bois.

Mme SIMONIN. — Dis à ta mère, Louise, que mon ruolz est à sa disposition.

LOUISE. — Elle m'envoyait le chercher ; j'emporterai les couverts, si vous voulez bien.

Mme SIMONIN. — Très volontiers.

(Elle sort, revient et remet une boîte à Louise, qui la prend et s'en va.)

SCÈNE V

Mme SIMONIN, Mme DUBOIS

Mme DUBOIS. — C'est pour le coup, ma chère voisine, que vous me donnez des leçons d'économie. Du ruolz !

Mme SIMONIN. — Ce n'est pas aussi cher que vous le croyez.

Mme Dubois. — Ils sont pourtant bien beaux, vos couverts ! Va-t-elle faire la fière, la mère Robert, avec son neveu l'abbé, M. le curé-doyen et sa fausse argenterie d'emprunt ! A propos, est-ce qu'elles sont à votre chiffre, vos cuillers et vos fourchettes ?

Mme Simonin. — Oui, mon mari y a fait graver ses deux initiales : J. S., Jules Simonin.

Mme Dubois. — Tant mieux ! la mère Robert en sera pour ses frais de gloriole. Les convives verront bien au chiffre de leurs couverts qu'ils mangent dans des objets empruntés.

Mme Simonin. — Savez-vous, voisine, que vous êtes un peu méchante ?

Mme Dubois. — Je ne suis pas plus méchante qu'une autre, mais je déteste la vaine gloire et la fausse opulence. Si vous êtes un geai, restez un geai, et ne vous parez pas des plumes du paon. Encore une fois, comment avez-vous fait, voisine, pour vous fournir ainsi de beau linge, de ruolz et de quantité d'autres objets que n'ont pas ordinairement les ouvriers ?

Mme Simonin. — Je vous l'ai déjà dit, ma chère dame, j'ai commencé de bonne heure à économiser. Vous connaissez le proverbe : Petit à petit l'oiseau fait son nid.

QUI A BU BOIRA

PROVERBE

PERSONNAGES

M. DE ROBERVAL.
LOUIS MOLLINS } frères.
GUSTAVE MOLLINS }

ACTE I

La scène représente le cabinet de travail de M. de Roberval.

SCÈNE I

M. DE ROBERVAL, LOUIS, GUSTAVE

M. DE ROBERVAL. — Il ne faudrait pas exagérer, Louis.

LOUIS. — Je vous assure, monsieur de Roberval, que je n'exagère pas du tout, et que, de vingt à trente ans, Lambert a eu, dans la société de Poitiers, la réputation d'un joueur incorrigible. Il passait les nuits et les jours au jeu sans une minute de sommeil, et sans autre nourriture que de nombreuses tasses de café mélangé de cognac.

GUSTAVE. — Une nuit, il perdit dix mille francs et autant sur parole. La vérité m'oblige à dire qu'il a toujours payé ses dettes de jeu.

LOUIS. — Oui, mais la vérité doit faire ajouter que sans la mort inopinée de son frère et de sa sœur Lambert serait ruiné complètement, attendu qu'à vingt-huit ans il avait mangé sa légitime.

M. DE ROBERVAL. — Et elle se montait, cette légitime ?

LOUIS. — A quatre cent mille francs.

M. DE ROBERVAL. — Peste !

GUSTAVE. — Je tiens des personnes les plus dignes de foi qu'ayant perdu, au cercle de l'Union, à Limoges, huit mille francs, Lambert fit promettre à son partenaire de l'attendre, partit pour Poitiers, en revint avec dix mille francs et les perdit séance tenante.

LOUIS. — Voilà l'homme que ma pauvre mère veut absolument marier avec notre sœur. C'est à faire un coup de désespoir. Il y a des moments où l'envie me prend d'aller souffleter Lambert en pleine salle de jeu.

M. DE ROBERVAL. — Pour amener un duel, n'est-ce pas ?

LOUIS, avec résolution. — Oui.

M. DE ROBERVAL. — Alors, mon cher ami, vous avez tort de récriminer contre la passion du jeu. Le duel est le plus insensé et le plus dangereux de tous les jeux. Voyez-vous ce moraliste qui reproche à un homme de risquer son argent, et qui veut, lui, risquer sa vie !

GUSTAVE. — Vous avez raison, monsieur de Roberval ; ce n'est pas par des folies qu'on arrêtera une autre folie. Nous sommes venus, Louis et moi, pour prendre conseil de' votre sagesse et vous obéir aveuglement.

M. DE ROBERVAL. — A la bonne heure! Dites-moi, êtes-vous bien sûrs que Lambert ne s'est pas corrigé de la passion du jeu? Vous savez que le bruit court que depuis quelque temps il s'est rangé pour tout de bon.

LOUIS. — Croyez-vous à cette conversion, monsieur de Roberval ?

M. DE ROVERBAL. — Je ne sais trop. Si Lambert avait des sentiments religieux et qu'il fût revenu aux pratiques chrétiennes, il se pourrait que ce qu'on dit de son changement fût exact. J'ai vu la prière et les sacrements retirer certaines gens d'habitudes vicieuses pires que celles dans lesquelles Lambert est enlacé.

GUSTAVE. — Très bien. Mais Lambert n'a pas la moindre religion. C'est un libre penseur qui, avant-hier, se glorifiait devant un de nos amis de ne croire ni à Dieu ni à diable.

M. DE ROBERVAL. — Alors, mes amis, il n'y a plus à douter, Lambert est toujours le joueur d'autrefois. Sa prétendue conversion est une pure hypocrisie destinée à tromper votre mère et votre sœur.

LOUIS. — Ce fut toujours mon opinion.

GUSTAVE. — Je n'ai jamais pensé autrement.

M. DE ROBERVAL. — Et votre mère tient obstinément à ce mariage ?

LOUIS. — Si obstinément, qu'elle est prête à se brouiller avec nous pour le conclure. C'est une fascination, un ensorcellement.

M. DE ROBERVAL. — Ne pourriez-vous pas au moins obtenir d'elle un délai ?

LOUIS. — C'est fait. Maman a promis que les bans du mariage de ma sœur avec Lambert ne se publieraient que dans trois mois.

M. DE ROBERVAL. — Alors, mes amis, nous sommes sauvés. Il est impossible qu'un joueur comme Lambert reste trois mois sans sacrifier à sa passion. Il faut le suivre, le surveiller, le prendre en flagrant délit, et revenir auprès de votre mère les mains pleines de témoignages et de preuves. Mᵐᵉ Mollins sera bien obligée de se rendre à l'évidence.

LOUIS. — Voyez-vous, monsieur de Roberval, je ne suis pas aussi rassuré que vous par ce délai de trois mois. Lambert, sa passion mise à part, est un garçon avisé. Il comprendra que l'avantage d'épouser une jeune fille charmante et dotée de trois cent mille francs vaut bien la peine qu'on se gêne pendant trois mois.

M. DE ROBERVAL. — Je n'en sais rien, ou plutôt je crois le contraire. La passion du jeu est peut-être la plus forte

des passions. Si Lambert aimait votre sœur, il se pourrait
qu'il résistât ; mais il aime surtout la dot, vous verrez qu'il
se laissera vaincre. Voyons, vous avez promis de vous en
rapporter à ma sagesse. Voici l'oracle émis par ma sagesse :
Louis va suivre Lambert pas à pas pendant les trois mois
qui nous séparent du mariage. Il faut qu'il le surprenne en
flagrant délit de jeu.

Louis. — Une vraie tâche d'espion que vous me donnez
là ; mais je ferai tout pour dessiller les yeux de ma mère et
empêcher le malheur de ma petite sœur.

M. DE ROBERVAL. — C'est entendu. Quittons-nous maintenant. J'ai vu Lambert se promener, avant votre arrivée,
sous mes fenêtres. Si vous restiez plus longtemps, il devinerait une conspiration contre lui ; or il est important qu'il
vive dans la confiance et la sécurité.

ACTE II

Le théâtre représente le cabinet de travail de M. de Roberval.

SCÈNE I

M. DE ROBERVAL, GUSTAVE MOLLINS

Gustave. — Je suis fort inquiet. Le mariage de ma sœur
doit être publié dimanche prochain, et la dernière lettre de
mon frère, reçue il y a quatre jours, m'annonçait que Lambert continue d'être le modèle des fiancés. Depuis six mois
il n'a pas touché une carte. Vous verrez que cet hypocrite
arrivera à son but et trompera ma mère et ma sœur.

M. DE ROBERVAL. — Tranquillisez-vous, tout finira bien.

Gustave. — Avec quelle philosophie vous prenez les
choses ! On voit bien que ce n'est pas votre sœur qui est
sur le point d'épouser Lambert.

M. DE ROBERVAL. — Non, grâce à Dieu. Nous allons être bientôt fixés. Votre frère doit arriver à ce moment à la gare. S'il prend l'omnibus, il sera ici dans dix minutes.

GUSTAVE. — Si, comme je le crains, il ne nous apporte pas de quoi démasquer Lambert, il faudra, monsieur de Roberval, que vous alliez trouver ma mère et que vous fassiez, au nom de la vieille amitié de nos deux familles, une tentative suprême pour détourner Mme Mollins de ce funeste mariage.

M. DE ROBERVAL. — Je ferai tout ce que vous voudrez ; mais je ne réussirai pas mieux que vous. Madame votre mère se croit obligée en conscience à tenir la promesse qu'elle a faite au lit de mort de son mari. Vous n'ignorez pas que votre père fit promettre à sa femme de marier un jour sa fille avec Lambert. Il paraît que M. Mollins et Lambert étaient des amis d'enfance.

GUSTAVE. — Je sais tout cela. Ma pauvre mère nous l'a suffisamment répété. Pourquoi n'a-t-elle pas autant de jugement que son mari ! Notre père ne voudrait pas marier sa fille à un joueur comme Lambert. Le malheur de ma mère... Je crois que voici Louis.

SCÈNE II

LES PRÉCÉDENTS, LOUIS

LOUIS. — Victoire ! victoire complète ! L'ennemi est battu sur toute la ligne et en pleine déroute !

GUSTAVE. — Je t'en conjure, Louis, explique-toi.

LOUIS. — C'est facile. Vous savez que depuis onze semaines je n'ai pas perdu de vue mon futur beau-frère. Un joli métier que ma petite sœur m'a obligé de faire ! Si elle ne m'aime pas maintenant trois fois plus qu'auparavant, elle sera bien ingrate !

GUSTAVE. — Je t'en conjure, Louis...

LOUIS. — Patience ! j'arrive au dénouement. J'ai donc suivi de près Lambert. Pendant onze semaines sa conduite a été si correcte, que je me demandais parfois s'il n'était pas vraiment corrigé. Lever à six, coucher à dix, visites aux monuments publics et aux sites champêtres qui avoisinent Lyon ; telle a été, pendant près de trois mois, la vie de Lambert.

M. DE ROBERVAL. — Permettez-moi une simple réflexion qui ne retardera pas le récit du dénouement. Je suis persuadé que ce malheureux garçon voulait se corriger véritablement.

LOUIS. — Vous l'avez dit. Il n'était pas aussi hypocrite et aussi intéressé que nous le pensions. J'ai su de bonne source que, touché de la confiance de ma mère et de ma sœur, il voulait se rendre digne d'une telle épouse et d'une telle mère. Mais chassez le naturel, il revient au galop. Je désespérais de voir Lambert revenir à sa passion dominante, lorsqu'il y a trois jours je l'aperçois se faufilant, à la brune, par la petite porte qui conduit au cercle de l'Union. Le cercle de l'Union est, à Lyon, un lieu où l'on joue gros jeu. Enfin ! pensais-je, le futur beau-frère a cédé à la tentation. C'était vrai. Il resta quinze heures d'horloge au cercle à jouer. Il perdit vingt mille francs comptant ou sur parole. Ces renseignements pris, que croyez-vous que j'aie fait ?

M. DE ROBERVAL. — Je ne sais pas.

GUSTAVE. — Ni moi.

LOUIS. — Vous auriez, j'en suis sûr, obtenu par écrit les preuves de la conduite de Lambert.

M. DE ROBERVAL. — En effet.

LOUIS. — Eh bien ! j'ai agi plus carrément. Figurez-vous que les partenaires de Lambert se trouvent être deux gentilshommes, un baron et un comte. Je vous les nommerais bien, mais j'ai promis de ne pas les nommer.

GUSTAVE. — Peut-être aspirent-ils, eux aussi, à se marier.

LOUIS. — Le comte, je ne dis pas. Quant au baron, il est marié et père de cinq enfants.

M. DE ROBERVAL. — A-t-il quelque fille un peu grande ?

LOUIS. — On m'a dit qu'il avait une fille d'environ dix-sept ans.

M. DE ROBERVAL. — Que ne la donne-t-il pour épouse à Lambert !

Louis. — Tiens ! c'est une idée cela ; il faudra que j'en cause avec le baron.

Gustave. — Je vous en prie, messieurs, venons au dénouement.

Louis. — C'est juste. Ayant donc su que Lambert avait perdu vingt mille francs avec le comte et avec le baron, je vais chercher les susdits comte et baron, et, moitié par force, moitié de bonne volonté, je les amène à Limoges auprès de maman. Là je fais appel à leur loyauté, et je les oblige à attester par serment qu'ils ont gagné, la veille, vingt mille francs à un charmant garçon de Poitiers nommé M. Cyprien Lambert.

Gustave. — C'est parfait.

Louis. — Sans doute. Vous devinez le reste. Maman s'est mise en colère ; la petite sœur a beaucoup pleuré. Après quoi Mme Mullins a écrit à Lambert qu'il eût à rester chez lui, et que tout était rompu.

Gustave. — Quel bonheur !

M. de Roberval. — Quel malheur pour ce pauvre Lambert ! Peut-être son mariage l'eût-il sauvé. A l'heure qu'il est, le voilà sur le chemin de la ruine et du déshonneur. Il est plus facile de ne pas contracter un vice que de s'en débarrasser lorsqu'on s'y est laissé prendre. A moins d'un miracle de la religion, les vicieux vivent et meurent tels. Le proverbe populaire est vrai, malgré sa trivialité : Qui a bu boira. »

CONTE

Tout le monde connaît la maxime orientale :

« La parole est d'argent, mais le silence est d'or. »

Peut-être l'origine de cette maxime est-elle moins connue. La voici, telle qu'on la trouve dans un vieil auteur arabe.

Daoud et Hassoun, deux Arméniens habitant Constantinople, s'étaient juré de ne se quitter jamais. On devrait bien être moins prodigue de ces serments-là. Daoud, pour recueillir une succession que rien ne l'obligeait à accepter, alla fixer son séjour à Bagdad. Il y a loin de Bagdad à Constantinople; les deux amis, ne pouvant plus se voir, s'écrivirent fréquemment.

Daoud, dans une de ses lettres, annonça à Hassoun son prochain mariage. Hassoun ne tarda guère à lui apprendre une nouvelle semblable. Il fut convenu que les deux amis marieraient ensemble le premier garçon et la première fille que le Ciel donnerait à chacun d'eux.

Vingt ans s'écoulèrent, et un jour Daoud vit arriver à sa maison de Bagdad un beau jeune homme. C'était le fils de Hassoun, venu pour demander la main de la fille de l'ami de son père.

Daoud avait deux filles jumelles, âgées de dix-huit ans, et qui se ressemblaient si fort, qu'on avait été obligé, pour

Ioussouf alla consulter un grand et savant ermite.

les distinguer, de leur donner des robes de couleurs diffé-
rentes. Même taille de nymphe, même teint de roses et de
lis, même chevelure d'ébène, mêmes yeux de gazelle, même
démarche de déesse. Celui qui a dit qu'il ne se trouvait pas
dans la création deux objets exactement semblables, n'avait
pas vu Rachel et Fatma.

Le fils de Hassoun, le beau Ioussouf, fut, on le comprend,
très embarrassé. Il ne savait laquelle des deux sœurs il
devait demander pour épouse. Une réflexion ne tarda pas
à le tirer d'embarras.

« La vraie beauté, dit-il, est la beauté de l'âme. Je prierai
Daoud de m'accorder quelques entrevues avec ses filles ;
j'étudierai le caractère de Rachel et de Fatma ; la plus douce,
la plus laborieuse, la plus pieuse, la plus charitable, sera
celle dont je demanderai la main. »

Ce n'était point mal raisonner pour un jeune Arménien
de vingt ans.

Les entrevues qu'Ioussouf eut avec les filles de Daoud ne
firent qu'augmenter son indécision. Il constata que Fatma
et Rachel étaient plus ressemblantes encore au moral qu'au
physique. Elles semblaient n'avoir qu'une intelligence et
qu'un cœur, comme si Dieu eût partagé entre elles une
seule âme. Même douceur, même amour du travail, même
modestie, même charité, même piété.

Le jeune homme, en interrogeant son cœur, fut obligé de
s'avouer qu'il aimait également les deux sœurs.

Quoiqu'il ne fût pas fat le moins du monde, Ioussouf ne
put s'empêcher de faire une autre remarque.

Cette remarque ajoutait encore à son embarras et à la res-
semblance des deux sœurs.

Le jeune Arménien remarqua que Fatma et Rachel
s'étaient prises pour lui d'un égal attachement.

Il fallait en finir. Ioussouf alla consulter un sage et savant
ermite.

Celui-ci, après s'être bien fait expliquer la situation,
réfléchit un instant et dit au jeune homme :

« Obtiens de Daoud qu'il t'accorde une nouvelle entrevue
avec ses filles ; observe avec soin les faits et gestes de Rachel
et de Fatma, et reviens me trouver. »

Ce conseil fut suivi de point en point.

« Eh bien! dit l'ermite au jeune homme lorsque celui-ci

fut revenu en sa présence, es-tu toujours dans le même
embarras ?

— Toujours, répondit l'Arménien ; les deux jeunes filles
me semblent plus que jamais aussi parfaites l'une que
l'autre.

— C'est ce que nous allons voir, » répliqua l'ermite.

Il ajouta :

« Que dit Rachel lorsque tu entras la dernière fois dans
l'appartement où elle était avec sa sœur ?

— Elle dit : Soyez le bienvenu.

— Bon ! et que dit Fatma?

— Elle ne dit rien, et se contenta de répondre par un
signe de tête à mon salut.

— Alors, reprit l'ermite, épouse Fatma ; car la parole est
d'argent, mais le silence est d'or. »

L'auteur arabe termine son récit par une réflexion qu'on
dirait, pour le fond et pour la forme, écrite d'hier et par un
Français.

Il n'y a pas de raison pour cacher cette réflexion aux lec-
teurs et aux lectrices.

La voici donc :

« Avis aux jeunes filles à marier ! »

UN BACHELIER LABOUREUR

J'ai fait, me dit M. de Salviac, mes premières armes dans la magistrature à Rennes, une ville aussi sérieuse qu'aimable, et la cité la plus hospitalière que je connaisse. J'y aurais volontiers planté ma tente, si le garde des sceaux n'en eût décidé autrement. Parmi les maisons qui s'ouvrirent à moi, je dois mettre au premier rang celle du baron de Kerléac. Ce Breton bretonnant avait entrepris de me faire connaître et aimer la Bretagne. Un substitut a certainement des occupations, mais il y a des gens plus écrasés de travail ; bref, je trouvai le temps de parcourir en trois ans la Bretagne en tous sens, et d'en connaître à fond la topographie et l'histoire.

Un jour d'automne que nous nous promenions pédestrement, le baron et moi, dans les vastes champs dépendant de sa baronnie de Kerléac, mon compagnon me dit :

« Il faut que je vous fasse faire connaissance avec Alain Méridec.

— Qu'est-ce qu'Alain Méridec ? répondis-je.

— Vous allez le voir ; suivez-moi. »

Nous traversâmes quelques prairies, nous laissâmes à notre gauche un taillis de châtaigniers, et nous débouchâmes dans une de ces vastes landes si infertiles, mais si poétiques et si fleuries, où les *dolmens*, les *menhirs* et les croix de pierre surgissent çà et là, émerveillant le voyageur, le faisant rêver et prier.

A l'extrémité de la lande on voyait une haie touffue au milieu de laquelle était pratiquée une porte rustique. Le baron l'ouvrit, et nous entrâmes dans un champ où un jeune paysan tenait le soc d'une charrue attelée de deux vaches. Un gars d'environ dix ans dirigeait l'attelage avec un aiguillon quatre ou cinq fois plus long que lui.

Ave, domine, dit le baron lorsqu'il fut à quelques pas du laboureur ; *quomodo vales ? »*

Ce qui signifie en français : « Bonjour, monsieur ; comment vous portez-vous ? »

Le jeune paysan, qui pouvait avoir de vingt-deux à vingt-quatre ans, nous tira respectueusement son bonnet, donna à ses vaches le signal de s'arrêter, et répondit :

« *Optime valeo. Avete, domini.* »

Ce qui veut dire : « Je me porte très bien ; bonjour, messieurs. »

Le baron continua :

« *O fortunatos nimium, sua si bona norint, agricolas!* O trop heureux laboureurs, s'ils connaissaient les avantages de leur position ! »

A quoi le jeune paysan répondit :

« *Cognoscunt et gratias agunt Deo.* Ils les connaissent et ils en remercient Dieu. »

On cessa de parler latin, mais la conversation s'engagea sur la religion, la politique, la littérature, et le jeune laboureur émit, dans le langage le plus correct, les idées les plus sensées, les plus nobles et les plus chrétiennes.

Je n'en revenais pas.

Cependant les deux vaches avaient l'air de s'impatienter, et le gars qui les obligeait à rester immobiles bâillait sans vergogne, de façon à se démonter la mâchoire.

Le baron salua comme pour prendre congé.

« Attendez, messieurs, dit le laboureur, je vais vous accompagner jusque sur la route. »

Il délia le joug de ses deux vaches, recommanda à l'enfant de surveiller *Blanchette* et *Noiraude*, et nous mena par un chemin creux jusqu'à la grand'route, qui se trouvait à une demi-lieue du champ qu'il labourait.

Le trajet était trop accidenté pour permettre une conversation un peu suivie. Alain Méridec ne prononça guère que quelques mots, mais ils me fournirent de nouveau l'occasion de constater que notre compagnon était un homme instruit, spirituel et sensé.

Arrivés à la grande route, nous prîmes congé d'Alain Méridec, après avoir échangé avec lui une cordiale poignée de main.

« Comment trouvez-vous ce paysan-là? me dit le baron.

— Fort à mon goût, répondis-je; c'est dommage que ce ne soit qu'un paysan.

— Je vous assure, répliqua M. de Kerléac, que c'est un paysan de naissance et de profession. Il habite une chaumière, vit de pain noir et de cidre, se lève tôt, se couche tard et travaille dur pour nourrir son père, sa mère et ses deux jeunes sœurs.

— Cela ne l'empêche pas d'être plus véritablement instruit que plusieurs avocats de ma connaissance.

— Il n'est pourtant pas avocat : c'est un simple bachelier ès lettres, qui a fait d'excellentes études au petit séminaire de Sainte-Anne d'Auray.

— Il voulait sans doute être prêtre ?

— Justement. Sur le point d'entrer au grand séminaire, il s'est aperçu que la vocation pour l'état ecclésiastique lui manquait : il est retourné alors simplement à sa chaumière et à sa charrue.

— Et vous croyez qu'il y restera?

— Sans aucun doute. C'est le meilleur fils, le plus fin laboureur et le plus habile chantre d'église de la paroisse. Sobre avec cela et économe comme une fourmi. Je suis sûr qu'il a au moins cent écus dans sa bourse. Un de ces jours-ci il se mariera et fera souche de petits paysans auxquels il n'enseignera pas son latin, mais qu'il élèvera en honnêtes gens et en bons chrétiens.

— Plût à Dieu, répondis-je, qu'il y eût en France beaucoup de paysans semblables !

— La Bretagne les compte, à ma connaissance, par centaines, et je ne les connais pas tous évidemment. Rien n'est fréquent, chez nous, comme de voir le fils d'un paysan pauvre étudier pour être prêtre. La pension n'est pas chère au collège ecclésiastique; sans compter que le jeune aspirant au sacerdoce fait souvent la moitié de ses études

latines au presbytère de sa paroisse. S'il a la vocation, très
bien, il entre au grand séminaire. S'il ne l'a pas, le mal
n'est pas grand : dix-huit fois sur vingt il se remet au travail
manuel.

— Les choses, dis-je, se passent différemment ailleurs.
Les enfants des familles pauvres ou peu aisées ont souvent
à se repentir d'avoir étudié le latin, même quand cette
étude est couronnée par le diplôme de bachelier. Combien
en ai-je vu rougir de leurs parents, quitter leur village et
s'en aller dans les villes augmenter le nombre déjà si grand
des oisifs, des hommes de plume, des mécontents et des
déclassés ! Un ancien employé dans les hautes sphères de
la police m'a assuré que les meneurs des sociétés secrètes
et les boutefeux des insurrections se recrutaient parmi
les bacheliers qui n'avaient pu ou su, faute de ressources,
utiliser leur diplôme universitaire. Vos bacheliers-labou-
reurs ne peuvent vivre que dans des pays de mœurs très
simples et très religieuses, comme certaines parties de votre
Bretagne.

— Cela est fâcheux, répondit le baron de Kerléac. Il me
semble cependant que l'instruction secondaire et même
supérieure n'est pas incompatible avec le travail manuel
et les plus humbles professions. Vous venez d'en voir la
preuve dans la personne d'Alain Méridec. Pourquoi les
classes agricoles et ouvrières ne seraient-elles pas des
classes lettrées? Elles trouveraient dans les belles-lettres
des plaisirs intellectuels bien préférables aux grossières
jouissances qu'elles vont chercher dans l'alcool, le tabac
et les journaux antisociaux et antireligieux. Le moyen
âge, et, plus près de nous, ce qu'on appelle l'ancien
régime, comptaient beaucoup de simples artisans qui
avaient fait des études de latinité dans les couvents et dans
des collèges autrement nombreux et populeux que nos
lycées modernes. Encore une fois, pourquoi ce qui s'est vu
ne se reverrait-il pas? Il suffirait de christianiser les masses;
on pourrait alors sans danger leur donner l'instruction
la plus étendue et la plus complète. Malheureusement c'est
le contraire qui a lieu. La mode est à l'instruction laïque,
c'est-à-dire, en bon français, à l'instruction non chrétienne.
Eh bien ! je le dis tout haut, et je l'imprimerais au besoin,
de cette instruction-là moins il y en aura et mieux cela

vaudra. Un collège non chrétien ouvert au peuple, c'est une fabrique de poisons à bon marché.

— Taisez-vous, lui dis-je, monsieur le Breton bretonnant, vous vous feriez lapider si on vous entendait.

— C'est le cas de dire que lapider n'est pas répondre. Je ne suis ni avocat ni journaliste, mais je me charge de réfuter tout individu qui oserait avancer que l'instruction non chrétienne est une bonne chose.

— Vos arguments, répondis-je, auraient beau être convaincants, ils ne convaincraient personne que quelques chrétiens déjà convaincus. Il faudra les leçons de l'expérience pour montrer aux partisans de l'instruction laïque les périls dont est grosse cette théorie moderne.

— Mais, dit le baron, ces leçons de l'expérience coûteront cher, et c'est la France qui payera.

— Hélas ! » répondis-je.

UNE COMMUNE CHRÉTIENNE

J'ai lu, il y a plusieurs années, un livre fort intéressant. Le titre, dont je n'ai pas gardé un souvenir exact, doit ressembler beaucoup à celui-ci : *Régénération de la commune par la mairie, l'église et l'école.* La commune de Saint-Cyprien-les-Étangs n'a pas besoin d'être régénérée : c'est une paroisse modèle, grâce à l'entente qui de temps immémorial existe pour le bien entre le maire, le curé et l'instituteur. L'église, quoique fort grande, est remplie les simples dimanches comme elle l'est d'ailleurs à Noël et à Pâques. Les trois écoles, celle des garçons, celle des filles et celle des adultes, regorgent d'élèves. Il n'y a que quinze illettrés dans la commune, et bientôt il n'y en aura plus un seul. Par exemple, les cabarets, les cafés et les estaminets sont déserts. Msr l'évêque, M. le préfet et M. le payeur général s'accordent à dire que Saint-Cyprien est la commune du département où il y a le moins de scandales, où les électeurs ont le meilleur esprit et où les impôts rentrent le plus facilement. Ces heureux résultats sont dus, je le répète, au maire, au curé et à l'instituteur. Cependant il serait injuste de leur attribuer tout le mérite. Le juge de paix, le notaire, le médecin, le percepteur, les fonctionnaires et les notables contribuent tous au bien général. La classe dirigeante de Saint-Cyprien a compris ses devoirs : elle donne l'exemple de la religion, de la probité, du travail, du dévouement, et cet exemple a porté ses fruits.

La mort du vieux juge de paix, arrivée en 1870, faillit bouleverser et ruiner cette oasis. Le vénérable M. Després fut remplacé par un célibataire d'une quarantaine d'années, venant on ne sait trop d'où, et auquel la renommée prêtait tous les défauts, pour ne pas dire tous les vices. Grand fut à Saint-Cyprien l'émoi de la classe dirigeante. Le maire et le curé, étant allés, chacun de leur côté, aux renseignements, rapportèrent des informations identiques. M. Guilhaumet était un homme sans religion et sans mœurs. Évidemment ceux qui avaient nommé ce juge de paix ne le connaissaient pas; M. Guilhaumet devait bientôt se voir enlever les honorables et importantes fonctions dont il était indigne. En attendant, il fallait veiller à ce que le nouveau juge de paix fît le moins de mal possible à la commune. Il fut convenu entre le maire, le curé, l'instituteur, le médecin, le notaire, le percepteur et plusieurs notables, que M. Guilhaumet serait mis à sa place toutes les fois qu'il se permettrait une parole ou une action offensante pour la religion ou les mœurs.

Les plus embarrassés étaient le greffier de la justice de paix et l'huissier audiencier. Ces deux modestes fonctionnaires dépendaient si étroitement de M. Guilhaumet, qu'ils s'exposaient en lui déplaisant à de grands dangers; ils n'en promirent pas moins leur concours à l'œuvre commune.

A peine le nouveau juge de paix fut-il installé, que ses faits et gestes confirmèrent la mauvaise renommée qui l'avait précédé à Saint-Cyprien-les-Étangs.

L'orage tomba tout d'abord sur le pauvre greffier.

« Monsieur Pillardon, lui dit un beau matin de Pentecôte M. Guilhaumet, voulez-vous me rendre un service ?

— Deux, monsieur le juge de paix; je suis tout à vos ordres.

— Je vous remercie, et j'accepte. Il s'agit de me conduire dans votre tilbury à Rochebrisée. On m'a dit qu'il y avait là les ruines les plus intéressantes du département.

« — On ne vous a point trompé, répondit le greffier. Roche-brisée est le rendez-vous de tous les touristes et archéo-logues du centre de la France. Demain, si vous le voulez, je me ferai un plaisir de vous y mener.

— Pourquoi pas aujourd'hui? Il fait un temps à souhait pour cette excursion.

— C'est que, dit le greffier en hésitant un peu, c'est que... il y a quatre lieues d'ici à Rochebrisée, et, comme nous ne pouvons partir avant onze heures, nous n'aurions pas le temps de visiter les ruines, à moins de coucher aux Mar-brières, où l'on dîne et où l'on dort très mal; j'en sais quel-que chose.

— Qui vous parle de dîner et de coucher aux Mar-brières? répondit le juge de paix; nous reviendrons dîner et coucher à Saint-Cyprien-les-Étangs, et vous me ferez, entre parenthèses, le plaisir de dîner avec moi. Il est six heures, allez donner à manger à votre cheval, attelez à sept heures, et partons.

— C'est que, dit le greffier, c'est que... en partant à sept heures nous manquerons la messe.

— Eh bien! mon cher greffier, nous manquerons la messe. C'est un bien petit malheur, allez!

— Pas pour moi, monsieur le juge de paix.

— C'est sérieux, ce que vous me dites là, monsieur Pillar-don? répliqua Guilhaumet.

— Très sérieux, monsieur le juge de paix.

— Alors, mon cher, laissez votre tilbury à la remise, votre cheval à l'écurie, et allez à la messe édifier la paroisse. Je ne veux pas vous faire commettre un péché mortel qui vous conduirait en enfer; car vous croyez à l'enfer, j'en suis sûr.

— Comme à la mort et au jugement, monsieur le juge de paix.

— Parfait! délicieux! » s'écria M. Guilhaumet, qui s'en alla en riant comme un fou.

Le lendemain, M. le juge de paix, étant allé rendre visite à M. le maire de Saint-Cyprien, fut reçu au salon par M. Desbrosses, Mme Desbrosses, Mlles Louise et Anna Desbrosses, deux charmantes filles de dix-huit à vingt ans. La conversation s'engagea sur les mœurs et les usages du pays.

M. Guilhaumet, le juge de paix.

« On est bien arriéré dans votre commune, monsieur le maire, dit Guilhaumet, bien rempli de préjugés gothiques et de superstitions ridicules. Croiriez-vous que mon greffier a refusé hier de me conduire aux ruines de Rochebrisée par crainte de manquer la messe? Vous avouerez que cela est à mourir de rire. »

M. le maire ne répondit rien, mais il fit un geste presque imperceptible, et Mᵐᵉ Desbrosses et ses deux filles saluèrent et sortirent du salon.

« Je vous demande pardon, monsieur le juge de paix, dit le maire, il y a des conversations auxquelles je ne permets pas à ma femme et à mes filles d'assister.

— Vous ne prétendez pas, dit Guilhaumet, me donner une leçon de savoir-vivre?

— A Dieu ne plaise, monsieur le juge de paix! répondit M. Desbrosses, qui se mit à entamer une dissertation historique, archéologique et mathématique sur les ruines de Rochebrisée. Faites-vous conduire là, monsieur le juge de paix, vous verrez un site, des tours et des restes de remparts dont vous serez émerveillé. »

Le juge de paix sortit furieux. Le fanatisme du greffier et de M. le maire fut, de la part de M. Guilhaumet, l'objet de plaisanteries qui ne trouvèrent pas d'écho dans la société de Saint-Cyprien-les-Étangs.

Le médecin déclara qu'il était entièrement de l'avis du maire et du greffier; le percepteur soutint que le juge de paix avait tort; le notaire s'avança jusqu'à dire, dans un dîner auquel assistaient vingt personnes, que la probité et la moralité publiques n'avaient rien à gagner et qu'elles avaient tout à perdre, si les opinions de M. le juge de paix venaient à prévaloir à Saint-Cyprien; le percepteur, qui était la franchise en personne, déclara qu'il demanderait son changement si certains fonctionnaires venaient, par leurs doctrines antisociales et antifinancières, gâter la perception la mieux famée de trente lieues à la ronde.

Seul le curé se taisait; mais il avait l'habitude de dire tant de bien de son prochain en général et de ses paroissiens en particulier, que son silence sur M. le juge de paix avait une éloquence comprise de tous.

M. Guilhaumet, abandonné des notables de la paroisse, chercha des connaissances et des relations dans les communes environnantes. Il lui arriva, certain vendredi, de commander au Lion d'Or un dîner pour cinq de ses amis. Le dîner se trouvant servi en maigre tout entier, M. Guilhaumot demanda à l'hôtelier s'il était fou.

L'hôtelier riposta, sans tirer son bonnet, qu'il était moins fou que bien d'autres.

Le juge de paix et ses amis se fâchèrent.

Il en coûte de rencontrer des œufs, du poisson, des épinards, etc., lorsqu'on a compté sur des bécasses et des lièvres.

L'hôtelier offrit de rendre l'argent à condition que ces messieurs le débarrasseraient de leur présence.

Ces messieurs élevèrent la voix. L'hôtelier cria plus fort que ces messieurs.

La femme et les enfants de l'hôtelier se mêlèrent à la discussion, un rassemblement eut lieu sous les fenêtres du Lion d'Or. Le scandale alla si loin, que M. le curé ne put s'empêcher d'y faire, au prône du dimanche suivant, une allusion qui, quoique charitable et discrète, fit dans toute la commune une sensation considérable.

Le vénérable pasteur avait pris pour texte ces paroles de la sainte Écriture : *Ego justitias judicabo.*

La justice de paix fait partie de ces justices que le Juge suprême doit évoquer à son tribunal. C'était clair.

L'influence du juge de paix fut ruinée irrémédiablement.

Cet honorable magistrat continua d'employer ses loisirs à fronder les préjugés gothiques et les ridicules superstitions des habitants de Saint-Cyprien.

Il crut jouer un bon tour à ces braves gens en faisant conduire devant sa porte, le matin même de la Fête-Dieu, trois énormes voitures de bois.

C'était une façon de montrer combien il trouvait absurde l'usage du repos du dimanche.

Il va sans dire que les conducteurs des voitures n'appartenaient pas à Saint-Cyprien; ils habitaient une commune environnante. Un peu honteux de la besogne qu'on leur faisait faire, ils se hâtèrent de décharger leurs voitures et de partir.

Cependant l'heure de la procession approchait. Le garde champêtre vint trouver le juge de paix et lui fit remarquer, avec le plus de respect possible, que son bois obstruait la rue déjà étroite.

« Le dais, ajouta le garde champêtre, ne pourra pas passer.

— Qu'est-ce que cela me fait? » dit le juge de paix en haussant les épaules.

Au garde champêtre succéda bientôt le brigadier de la gendarmerie.

Il venait de la part de M. le maire avertir M. Guillaumet qu'il eût à serrer son bois sur-le-champ, s'il ne voulait pas se voir dresser un procès-verbal.

L'affaire prenait une tournure qui fit réfléchir le juge de paix.

« Nicolas, dit-il à un manœuvre de son voisinage, prenez un camarade avec vous, et hâtez-vous de serrer ce bois dans mon bûcher.

— Ma foi, monsieur, dit Nicolas, excusez-moi. Ce n'est pas un ouvrage à faire un jour de fête aussi solennelle. »

Un autre manœuvre, nommé Jacques, opposa le même refus à M. Guillaumet, quoique ce dernier offrît de payer grassement.

« Je ne puis pas serrer ce bois moi-même, dit le juge de paix.

— Dame! monsieur, répliqua Jacques, ce serait pourtant assez naturel. Du moment que vous êtes sûr qu'il n'y a pas de péché mortel à travailler le dimanche...

— Faites-moi grâce de vos réflexions, bonhomme! dit aigrement le juge de paix.

— Bonhomme! bonhomme! répliqua Jacques tout courroucé, encore vaut-il mieux être un bon homme qu'un méchant homme qui ne croit ni à Dieu ni à diable. »

En attendant, tout se préparait pour la procession du très saint Sacrement. On achevait de sabler les rues et de les joncher de fleurs et de feuillages; les cloches jetaient dans l'air leurs plus joyeuses volées; sur la place du bourg, les jeunes filles vêtues de blanc, les petits garçons portant des oriflammes, formaient leurs rangs; les thuriféraires en soutane rouge et en rochet de dentelle agitaient leurs encensoirs; dans l'église le capitaine des pompiers, l'épée haute, n'attendait qu'un signe de l'officiant pour donner à

ses hommes le signal du départ ; les trois tambours et les
trois clairons, les yeux fixés sur le capitaine, se tenaient
prêts à jouer de leurs instruments. Tous les habitants de
Saint-Cyprien, en habits de fête, se précipitaient vers
l'église. Plus d'un, en passant devant la maison du juge de
paix, murmura de sourdes menaces contre ce païen qui
obstruait la rue comme s'il voulait empêcher le bon Dieu de
passer.

Guilhaumet ne riait plus. Il se disposait, mettant l'amour-
propre de côté, à se rendre chez M. le maire pour lui demander son aide, lorsqu'il vit arriver en face de son domicile le
brigadier de la gendarmerie suivi des quatre cantonniers
de la commune. Le brigadier dressa procès-verbal contre
M. le juge de paix ; les cantonniers se hâtèrent de serrer les
trois voitures de bois, et la procession passa.

Ce procès-verbal libellé contre le juge de paix n'eut pas
de suite, grâce aux ordres donnés par le procureur général.
Guilhaumet se frottait les mains, narguant le curé, le maire
et la gendarmerie. Cette satisfaction fut de courte durée.
Huit jours plus tard, le *Moniteur* annonça que le juge de
paix de Saint-Cyprien-les-Étangs était appelé à d'autres
fonctions. Tout le monde sait que cette tournure de phrase
est employée pour indiquer qu'un fonctionnaire est destitué
purement et simplement, et invité à vivre de ses rentes s'il
en possède.

Le juge de paix qui succéda à M. Guilhaumet s'étant
trouvé un bon chrétien, la commune de Saint-Cyprien a
retrouvé l'harmonie et la concorde. Les autorités civiles,
ecclésiastiques, judiciaires, militaires et autres, continuent
de s'entendre pour maintenir dans cet heureux coin de la
France le règne de la religion, des bonnes mœurs et des
lois.

LE PÈRE LA POLITIQUE

« Vous collectionnez toujours les autographes ! me dit
M. Romainville.

— Toujours, répondis-je.

— Alors, si une promenade à pied de deux heures ne vous
effraye pas par cette chaleur, je vous mènerai chez le possesseur de plusieurs lettres écrites et signées par des personnages de notre époque.

— J'aimerais mieux, répondis-je, des lettres de personnages anciens ; j'accepte cependant la promenade, à condition que nous partirons à l'aube, de façon à être de retour
ici avant la grande chaleur du jour. Je vous préviens aussi
que je ne m'engage point à acheter les autographes quand
même ; mes ressources m'obligent à l'économie, lorsqu'il
s'agit surtout de dépenses de luxe pur.

— Nous éviterons la canicule, dit mon excellent voisin,
et vous n'achèterez les autographes qu'autant qu'ils vous
conviendront. »

Nous partîmes le lendemain de Beauval, aux derniers
chants des coqs du bourg et au moment où la cloche son-
nait l'Angélus dans le beau clocher roman de l'église parois-
siale. Il était cinq heures ; le soleil, déjà sur l'horizon, jetait
à travers les taillis de châtaigniers, dont il allait bientôt
dépasser la cime, de beaux rayons de pourpre et d'or adoucis

par le feuillage encore peu fourni des orangers du Limousin.
Rien n'était charmant comme le lever du soleil, vu à travers
ce rideau tantôt plein, tantôt déchiré, selon le plus ou
moins d'épaisseur des taillis. Lorsque nous fûmes sortis de
la région boisée et arrivés sur la hauteur qui domine Beauval, je ne pus retenir un cri d'admiration. J'avais vu pourtant ce site quatre ou cinq fois depuis mon séjour dans le
pays, mais jamais à cette heure, en cette saison, et par de
semblables jeux de lumière.

« Voyez-vous, monsieur Romainville, dis-je à mon compagnon, il faut être fou pour habiter les villes lorsqu'on
peut faire autrement. Quand je songe qu'il y a des gens qui
pourraient se baigner dans ce bon air des champs et qui
préfèrent s'empoisonner lentement à respirer l'atmosphère
des villes ! Grand bien leur fasse ! rien ne m'empêchera de
dire que leur choix est insensé. Pendant vingt ans j'ai fait
le vœu d'Horace : *O rus, quando te aspiciam!* O campagne,
quand te verrai-je! Enfin l'heure de ma retraite a sonné, et
je me suis hâté d'aller habiter la campagne. L'année que je
viens d'y passer m'a guéri à moitié de mes rhumes, rhu-
matismes, névralgies et autres maladies. Le moral s'en trouve
aussi bien que le physique. Je craignais que l'intelligence
ne perdît un peu; je crois qu'il n'en est rien. Le stimu-
lant de la conversation qu'on a dans les villes est remplacé
avantageusement par la facilité qu'on trouve ici pour
méditer et réfléchir. Je reviens à mon idée : il faut être fou
pour rester dans les grandes cités lorsqu'on peut faire
autrement.

— Vous avez raison, dit mon compagnon; il y a cependant
quelque chose de plus insensé que de déserter les campagnes,
c'est d'y nourrir les agitations, les préoccupations, les
passions malsaines des grandes villes. C'est ce qu'a fait le
brave homme que nous allons visiter. »

Cette belle matinée du commencement de juin m'avait
tellement ravi, qu'elle m'avait fait oublier les autographes
et leur possesseur. Les derniers mots de M. Romainville me
rappelèrent le but de notre promenade.

« Au fait, dis-je, où me conduisez-vous?

— Je vous conduis chez le père la Politique.

— Qu'est-ce que le porteur de ce sobriquet?

— Un campagnard autrefois riche, et que la manie de

politiquer a réduit à la misère. Je vais vous faire, en deux mots, la biographie de l'homme chez qui nous allons. Pierre Laplaud, connu dans tout le canton sous le nom de père la Politique, doit avoir aujourd'hui soixante-dix ans. Il perdit, à l'âge de vingt-ans, son père et sa mère, qui lui laissèrent deux beaux domaines et une somme rondelette chez leur notaire. Ce gaillard n'avait qu'à se laisser vivre pour être heureux ; malheureusement il avait habité la ville sous prétexte d'y terminer son instruction. Il y contracta la manie d'y faire de la politique, rapporta cette manie au village et la cultiva si bien, qu'à quarante ans il était ruiné.

— Je sais, dis-je, le danger de politiquer à tort et à travers ; cependant il me semble qu'il faut porter bien loin ce travers pour qu'il produise de telles conséquences.

— Pas si loin que vous croyez. Il suffit de lire plusieurs journaux, de s'engouer de l'un d'eux en particulier, d'épouser ses idées, de fréquenter des réunions publiques, de s'occuper d'élections, de soutenir des candidatures, etc. ; tout cela fait naturellement négliger ses affaires. Après quelques années de cette belle vie, il est rare que la bourse ne soit pas considérablement dégonflée. La bourse de Laplaud fut plus que dégonflée, elle se perça et se vida totalement. Cela tient à ce que, chez ce brave campagnard, la manie politiquante était une vraie passion. En 1835 et en 1840, il a dépensé dix mille francs pour soutenir un journal libéral nommé *l'Écho du Centre*. Non content de sacrifier à la politique son argent, il lui sacrifia sa liberté. Il fit six mois de prison en qualité de gérant de *l'Écho*. Notez qu'il n'était pas plus gérant que vous et moi, puisqu'il demeurait à Beauval et que *l'Écho* s'imprimait à Limoges. Cette prison politique acheva de le perdre, en lui attirant l'amitié de plusieurs députés et journalistes. Il assista à des banquets, entretint une correspondance soutenue, fit des voyages coûteux ; bref, il dépensa le triple de son revenu. Cet argent ne fut pas complètement perdu : Pierre Laplaud eut le plaisir de contribuer beaucoup à la nomination d'un député. Ce personnage, étant venu à Beauval, daigna donner à celui qui l'avait soutenu une poignée de main devant plus de cent personnes. Après trente ans, le père la Politique s'en sou-

vient encore avec fierté. Il aida aussi M. Désormeaux,
le rédacteur en chef de la *Tribune*, à obtenir une préfecture
de première classe, que cet honorable fonctionnaire garda
quinze ans, et qu'il eut la satisfaction de passer à son
gendre.

— Vous avez raison, dis-je, le temps et l'argent de Pierre
Laplaud n'ont pas été perdus pour tout le monde. »

Nous étions arrivés à quelques pas d'une misérable chaumière appuyée à un énorme châtaignier, construite d'ais
reliés par un grossier torchis, et couverte moitié de gazon,
moitié de paille pourrie.

« C'est là, me dit M. Romainville, que demeure Laplaud.
Il faut que son chien soit mort de faim ou de vieillesse, sans
quoi la laide bête n'aurait pas manqué d'annoncer notre
visite à son maître. »

A peine mon compagnon achevait-il de parler, qu'un
affreux roquet se dirigea vers nous, aboyant avec fureur et
montrant la place où furent ses dents.

« Paix ! silence, Azor ! » cria une voix à l'intérieur de la
chaumière ; puis la porte s'ouvrit, et un grand vieillard, en
manches de chemise et tête nue, parut, un journal déployé
à la main.

Après un échange assez compliqué de saluts moitié
citadins, moitié campagnards, nous pénétrâmes dans la
cabane.

J'ai vu rarement habitation aussi pauvre et aussi curieuse.
Les murs, crevassés en maintes places, et à travers lesquels
le vent pénétrait en sifflant, étaient tapissés du haut en bas
de journaux de toutes les dates, de tous les titres et de
tous les formats. J'allais dire de toutes les opinions; mais
ce serait inexact. Les feuilles monarchistes et religieuses
brillaient par leur absence. En revanche, si la liste des
journaux républicains parus depuis 1830 jusqu'en 1876
venait à se perdre, on la retrouverait sur les murs de la
chaumière de Pierre Laplaud. La *Tribune*, le *National*, le
Siècle, l'*Opinion nationale*, le *Rappel*, dominaient. C'était
le *Siècle* que lisait en ce moment le père la Politique. Le
malheureux, je l'ai su plus tard, se privait de bois, et souvent de tabac, pour payer de compte à demi, avec un cafetier
du bourg, la feuille de M. Havin. Je dis la feuille de M. Havin,
parce que, pour Laplaud, Havin vit toujours. Le politiqueur

ignore ou feint d'ignorer sa mort et son remplacement par l'éminent Jules Simon.

Trois fois notre hôte essaya d'amener la conversation sur le terrain politique; trois fois M. Romainville et moi nous la maintînmes sur le terrain de l'agriculture, du jardinage et de l'élevage des bestiaux.

« Que pensez-vous, me demanda Laplaud, du ministère actuel?

— Hum! dis-je, le ministère est comme tous les autres ministères; ce sont les sarrasins qui sont chers cette année; la récolte a été nulle dans le département. Une récolte précieuse cependant que le sarrasin pour les paysans limousins.

— Certainement! certainement! dit Laplaud; mais à qui la faute? Voyez-vous, messieurs, tout se tient, et tant que le gouvernement s'obstinera à ne pas donner à la presse une liberté illimitée, rien n'ira, l'agriculture pas plus que le reste. »

Un moment le père la Politique se flatta d'avoir l'opinion de M. Romainville sur la question d'Orient; mais mon compagnon coupa court, et déclara que la question des foins l'inquiétait beaucoup plus que la question d'Orient.

« Puisque, dit-il à Pierre Laplaud, la Russie, l'Autriche, l'Angleterre et la Prusse, sans compter la France et l'Italie, s'occupent des affaires du Grand Turc, il est inutile que je m'en mêle, tandis que, si je ne rentre pas mes foins, ces grandes puissances ne les rentreront pas pour moi. »

Nous arrivâmes aux autographes. Le père Laplaud me montra six lettres insignifiantes; la première était d'Armand Carrel, la seconde d'Odilon Barrot, la troisième de Jules Favre, la quatrième d'Havin, la cinquième de Gambetta, la sixième de Naquet.

Je ne me souciai nullement de l'écriture ni de la signature de ces grands hommes. Ce fut uniquement pour faire œuvre charitable et soulager un peu la misère du père la Politique, que je demandai au propriétaire de ces lettres le prix qu'il en voulait.

« Vingt francs, me dit-il.

— C'est beaucoup trop cher, répondis-je.

— Voulez-vous, dit M. Romainville, accepter mon arbitrage?

— Très volontiers, répondîmes-nous, le père la Politique et moi.

— Eh bien, me dit mon compagnon, vous allez donner dix francs des lettres d'Armand Carrel, d'Odilon Barrot, de Jules Favre, d'Havin et de Gambetta; cela fait deux francs pièce.

— Et Naquet ? dit Pierre Laplaud.

— Naquet, répondit M. Romainville, sera par-dessus le marché, si vous n'aimez mieux garder sa lettre, qui aura peut-être un jour de la valeur, lorsque ce politique aura rempli toute sa destinée.

— Prenez tout, dit Laplaud en me donnant ses papiers.

— Je ne veux pas, dis-je, contredire M. Romainville ; mais franchement c'est cher.

— Monsieur, répondit Laplaud avec un soupir, soyez sûr que je perds au marché, et que ces lettres me coûtent davantage. »

Je pris les lettres, je donnai mon louis de dix francs, et l'affaire des autographes fut terminée.

Notre hôte voulut, malgré notre refus, nous accompagner jusqu'au bourg de Beauval. Je crois qu'il espérait parler politique : il fut encore trompé ; nous causâmes tout le long du chemin des défrichements, de la taille des arbres, des meilleures méthodes d'irrigations, de l'assolement triennal, de la supériorité des betteraves sur les topinambours. Le bonhomme avait de la peine à cacher son dédain pour des questions aussi triviales.

Heureusement nous rencontrâmes sur notre route le facteur. L père Laplaud s'empara du *Siècle* et nous demanda la permission d'y jeter un coup d'œil, l'ouvrit et fut bientôt plongé si avant dans cette intéressante lecture, qu'il ne vit pas le salut que nous lui adressâmes en nous séparant de lui.

« Il n'est pas le seul à qui les journaux aient tourné la tête, me dit M. Romainville. On ne saura jamais le mal produit dans nos campagnes par la manie politiquante.

— Sans compter, dis-je, que le mal ira empirant.

— Je le crains, répondit M. Romainville. On trouvera des remèdes au phylloxéra, mais la manie politiquante est incurable. »

UNE COURSE DE NUIT

Je me souviendrai toute ma vie de l'année 1828, me dit M. Desroziers, le vieux notaire de Richebourg. C'est dans le cours de cette année que je perdis, à trois mois d'intervalle, mon père et ma mère. Je dus interrompre mon doctorat en droit et revenir prendre la place de mon père. Il y avait six mois à peine que j'étais installé dans la maison paternelle avec la vieille Nardi pour gouvernante; c'était par une froide soirée de janvier; il gelait à pierre fendre et ventait à décorner les bœufs, comme on dit chez nous; je m'étais oublié au coin d'un bon feu à dépouiller d'importants papiers de famille; minuit sonna à la pendule de ma chambre à coucher lorsque je me glissai sous mes couvertures.

Il ne ferait pas bon, pensai-je, être dérangé cette nuit pour aller recevoir un testament.

A peine avais-je fait cette réflexion, qu'un coup de sonnette se fit entendre.

Le vent était si violent, que je mis sur son compte ce bruit et m'arrangeai pour dormir.

Par une attention délicate, la vieille Nardi m'avait mis dans mon lit une boule d'eau chaude qui ne me déplaisait pas du tout. Je commençais à perdre connaissance et je crois même que j'étais tout à fait endormi, lorsqu'un second coup de sonnette sec et bruyant fit résonner toute la maison. Impossible cette fois de mettre le bruit sur le

7

compte du vent. Je me levai de fort mauvaise grâce et
en murmurant. Ma méchante humeur ne diminua point
lorsque ma gouvernante m'apprit que j'étais attendu à
Forgevieille par une personne gravement malade pour
recevoir son testament. Nanti ajouta que le paysan qui
était venu m'avertir s'était hâté de continuer sa route vers
la ville pour y prendre des remèdes qui ne se trouvaient
pas à Richebourg.

Forgevieille est à l'extrémité de la commune, c'est-à-dire
à plus de huit kilomètres. Le chemin ou plutôt le sentier
qui y conduisait alors traversait des bois, des tourbières, des
landes, une campagne déserte et sauvage.

Ce n'était pas du tout un voyage d'agrément. Pour
comble de malheur, mon domestique était en congé. Je
dus seller moi-même mon cheval. Après quoi je pris mon
manteau le plus épais, et me voilà parti dans la direction
de Forgevieille.

Au froid, au vent, à des chemins affreux vint se joindre
tout à coup l'obscurité la plus complète, la lune ayant
jugé à propos de se coucher au moment où je me levais.
Si Bichette, ma jument, n'avait pas eu de meilleurs yeux
que moi, je crois que le client qui m'attendait serait mort
intestat.

J'étais à peu près à mi-chemin et dans la grande lande
des Mouillères. Quoique marécageux, le terrain, durci par
la gelée, résonnait sous le sabot de mon cheval. Tout était
au loin plein de silence et de ténèbres. Soudain il me sembla
entendre le bruit des pas d'un cheval autre que le mien.
Je crus d'abord à une espèce d'écho; mais, ayant arrêté
Bichette, le bruit continua. Je constatai que je n'étais pas
seul à cette heure sur la lande des Mouillères. Un voyageur
devait se trouver devant moi à une faible distance. En vain
essayai-je de percer l'obscurité, je n'aperçus rien. J'allais
héler cet inconnu et cet invisible, lorsqu'une voix forte cria :

« Qui vive?

— Ami! répondis-je, tout en dégageant des plis de mon
manteau le solide bâton de cornouiller qui me servait de
cravache.

— Qui êtes-vous? cria l'inconnu.

— Que vous importe? répliquai-je.

— Il m'importe beaucoup. »

Ce dialogue allait continuer en s'accentuant et s'aigrissant, selon toutes les probabilités, lorsqu'il fut interrompu par un hennissement aussi bruyant que joyeux. Il n'y avait que le cheval blanc du docteur Jolibois pour hennir de la sorte.

« C'est vous, docteur? dis-je.

— Oui, et vous êtes le notaire de Richebourg?

— En chair et en os. »

Nous nous rapprochâmes alors, et nos deux montures, qui se connaissaient de longue date, se mirent à se caresser réciproquement les naseaux.

« Je suis sûr, dit Jolibois, que vous allez à Forgevieille.

— En effet.

— Un joli temps pour quitter son lit et se promener! Savez-vous, monsieur le notaire, que, sans calembour, il pleut des pleurésies à cette heure sur la lande des Mouillères? J'espère que vous êtes vêtu et couvert très chaudement. Autrement vous pourriez dès demain avoir besoin de mes services, ce dont Dieu vous garde. Assez causé, et allongeons le pas.

— Savez-vous, dis-je au docteur tout en cheminant côte à côte, quel est le client auprès duquel nous nous rendons?

— Je n'en sais rien du tout, répondit-il. Le paysan qui est venu sonner à ma porte n'a pas jugé à propos d'entrer dans les détails avec mon domestique. Il paraît qu'il s'est hâté d'aller à la ville chercher des remèdes. Quelque ordonnance de ce maladroit docteur Chevalier. On vient me chercher lorsqu'il a tué son malade aux trois quarts, et j'ai la bonhomie de me lever en pleine nuit de janvier, absolument comme si je n'avais que trente ans et que j'eusse besoin pour vivre des honoraires d'une visite. Enfin! c'est comme cela; je serai jusqu'à mon dernier soupir bon jusqu'à la bêtise. »

Ces propos et d'autres nous conduisirent jusqu'à Forgevieille. Ce pauvre hameau d'une dizaine de maisons était tout entier réveillé et éclairé. On s'aide dans ces campagnes isolées bien mieux que dans les villes. Pendant que plusieurs paysans s'emparaient de la bride de nos chevaux, d'autres, portant des torches, nous conduisirent à une petite et pauvre maison qui était celle du malade.

« Avec votre permission, monsieur le notaire, dit le
docteur, je vais d'abord faire mon office. La vie passe avant
tout.

— C'est juste, répondis-je.

— Monsieur le notaire, dit un paysan, il n'y a guère que
deux chambres chez les Bessonnaud, celle de la malade et
celle de ses enfants. Venez chez nous en attendant que
M. Jolibois ait achevé son opération; vous serez toujours
un peu moins mal que chez les Bessonnaud. C'était toujours
dans mon écurie que feu votre père, dont Dieu veuille avoir
l'âme, mettait Bichette lorsqu'il venait à Forgevieille pour
mariages, donations, ventes ou testaments. Il n'y a pas de
garde que ceux du village prennent un autre notaire que le
fils de M. Desroziers.

— Je leur en saurai bon gré, dis-je au paysan, surtout
s'ils choisissent pour venir me chercher un temps moins
rigoureux.

— Hélas! monsieur le notaire, répliqua Jean Chemina-
dour, vous savez que la mort ne nous prévient pas et ne
nous demande pas notre jour et notre heure. Il y a quatre
jours, la Bessonnette se portait aussi bien que vous et moi. »

Quelque intéressantes que fussent les réflexions de Che-
minadour, j'y aurais prêté une oreille distraite s'il les avait
faites en plein air. Heureusement nous étions sous le vaste
manteau d'une large cheminée et en face d'un feu où brûlait
un demi-stère de bois. Il n'y a que les paysans limousins
pour se chauffer de la sorte; il est vrai que c'est leur seul
luxe. Ils ne tarderont pas beaucoup d'années à en être privés, lorsque les progrès de l'agriculture auront arraché du
sol les magnifiques et séculaires châtaigneraies qui couvrent
encore le pays sur un grand espace.

« Eh bien? dis-je à M. Jolibois lorsqu'il entra dans la
cuisine-salon où je me chauffais.

— Eh bien! répondit-il, la malade est perdue. Je ne puis
pas même la soulager. C'est le cas de fluxion de poitrine
galopante le plus curieux que j'aie vu. Par exemple, la connaissance est complète, et vous pourrez rédiger tout à votre
aise le testament. »

La personne auprès de laquelle je vous introduis était
une femme d'environ cinquante ans. Son mari, son fils et
sa fille étaient à son chevet. Lorsque j'eus causé un moment

Je pris mon manteau le plus épais, et me voilà parti
dans la direction de Forgevieille.

avec ces braves gens, je me convainquis que j'avais fait
une course inutile, et qu'il n'y avait pas matière à testament. Jeanne Besson, ou, comme on disait au village, la
Bessonnette, possédait un pauvre mobilier de paysan, une
chèvre, huit brebis et autant de poules. Encore ne suis-je
pas exact; elle n'avait que la moitié de cette fortune, l'autre
moitié appartenant à son mari. Je conseillai tout bas aux
enfants d'abandonner à leur père ce que la mère laisserait
après sa mort; j'adressai quelques paroles d'encouragement
à la malade, et je sortis.

« Vous avez eu tôt fait le testament, me dit le docteur
Jolibois.

— Hélas! dis-je, mon voyage a été aussi inutile que le
vôtre. La malade n'a pas plus de fortune que de chances
de guérison.

— Elle est bien pauvre alors! » dit le médecin.

Nous remontâmes à cheval et prîmes la direction de
Richebourg. A peine avions-nous fait quelques pas, que
nous aperçûmes une petite lumière portée par quelqu'un
qui venait en face de nous.

« Je suis sûr, dit le docteur Jolibois, que c'est M. le curé
de Richebourg qui vient porter le viatique à notre malade.
Ces pauvres gens n'en font pas d'autres! Ils laissent la maladie arriver à sa dernière période, après quoi ils appellent
ensemble le curé, le notaire et le médecin. »

M. Jolibois avait deviné juste. C'étaient le vieux curé de
Richebourg et son sacristain, encore plus âgé que lui, qui
arrivaient à pied. Nous nous agenouillâmes au passage du
saint Sacrement, et il fut convenu que nous attendrions que
l'abbé Rabotin eût fini la cérémonie.

Le docteur Jolibois, contrairement à la manie qu'ont
beaucoup de médecins de professer la libre pensée et le
matérialisme; le docteur Jolibois, dis-je, était bon chrétien.

« Dieu soit loué! dit-il, M. le curé sera plus heureux que
nous. Il trouvera une âme à sauver.

— Vous êtes encore là, messieurs, nous dit l'abbé Rabotin
lorsqu'il eut achevé d'administrer sa malade. Montez vite
à cheval et partez.

— Monsieur le curé, dit le docteur, c'est vous qui allez
me faire le plaisir de prendre mon cheval et de nous pré-
céder.

— Merci, dit le curé, je m'en retournerai fort bien à pied.

— Vous ne ferez pas cela, dis-je; voulez-vous humilier deux jeunes gens? Vous allez prendre mon cheval ou celui du docteur, à votre choix.

— Puisque vous le voulez absolument, dit le curé, cédez, monsieur le notaire, votre Bichette à mon sacristain, lequel a soixante-dix ans et relève de maladie. Janicot partira en compagnie du docteur, et nous ferons, vous et moi, la route à pied. »

Le docteur essaya de soulever des objections; mais j'aidai le sacristain à enfourcher Bichette, je donnai deux coups de bâton sur la croupe des chevaux, et les deux bonnes bêtes partirent au grand trot, emportant M. Jolibois et Janicot le sacristain.

Pourquoi ne le dirais-je pas? j'avais eu le tort grave de ne pas faire mes pâques l'année précédente. C'était la première fois que cela m'arrivait. Comme je n'avais pas la conscience tranquille, je m'imaginais que le vieux curé de Richebourg allait profiter du lieu, du temps, de l'heure, de l'occasion enfin, pour me faire un sermon.

Je ne connaissais pas encore l'abbé Rabotin. Il était plus adroit que cela, et surtout plus indulgent et plus charitable. Il me parla uniquement de mes parents, et il m'en parla de façon à faire couler mes larmes.

« Si l'obscurité n'était pas si grande, me dit-il, je vous montrerais un hameau caché dans les bois et nommé *Chez Jllivet*. C'est là que votre père a fait le dernier testament qui lui ait été dicté par un malade. Je m'en souviens très bien; car moi aussi j'avais été appelé auprès du père Roche-rolles. Seulement ce n'était pas la nuit, mais un superbe lendemain de Pentecôte. Nous fîmes la route à pied, votre père et moi. Quel homme probe, intelligent et dévoué que votre père! Quant à votre mère, c'était tout simplement ma meilleure paroissienne et une sainte. Noblesse oblige; sou-venez-vous de cela, jeune homme. N'oubliez pas aussi que le vieux curé de Richebourg vous est dévoué. Lorsque vous voudrez vous marier, — et j'espère que ce sera bientôt, — je mets à votre disposition mes meilleurs conseils et ma petite influence.

— Merci, monsieur le curé, répondis-je; mais je ne suis guère tenté d'accepter vos offres.

— Et pourquoi? répondit-il étonné.

— Parce qu'il est visible que vous ne m'aimez pas comme autrefois. Pourquoi ne plus me tutoyer? Il n'y a pas beaucoup plus d'une douzaine d'années que vous m'avez fait faire ma première communion. J'avais bien près de seize ans que je vous servais la messe. Je vous avoue que je suis blessé de voir que vous ne me tutoyez plus. Cela me prouve que vous ne me regardez plus comme votre enfant.

— Si! si! dit le vieux curé en cherchant ma main dans l'obscurité et la serrant bien fort. Je t'aime comme au temps où tu étais sur les bancs de mon catéchisme. Allons! continua-t-il, je vois que le notariat de Richebourg ne dégénérera pas de sa vieille réputation. Le proverbe a raison : *Qualis pater, talis filius;* tel père, tel fils. »

L'abbé Rabotin me flattait. Je ne vaudrai jamais mon père. Nous avons été trop amollis et gâtés par cette ville de Paris. La simplicité, le désintéressement, l'amour du beau par lui-même, manquent aux meilleurs de ma génération. La foi chrétienne surtout ne nous guide plus comme elle guidait nos pères et nos grands-pères. J'ai tâché cependant de ne pas trop dégénérer. C'est ainsi que je ne manque plus, chaque année, l'accomplissement du devoir pascal.

LES CLOCHES

Que les vers ne soient pas votre éternel emploi.

M. Rochemure a suivi ce conseil et n'a fait de l'archéologie qu'à ses heures de loisir, et lorsque ses devoirs de grand propriétaire, de maire et de père de famille ont été remplis. Se souvenant encore du proverbe : « Qui trop embrasse mal étreint, » il s'est borné à un coin du grand champ archéologique. On ne devinerait jamais quel est ce coin-là. C'est certainement un des plus inexplorés. Aussi le recommandé-je aux archéologues en quête de sujets à traiter. M. Rochemure s'occupait de déchiffrer les inscriptions gravées dans le bronze des cloches.

On sait que les cloches sont baptisées, et, comme dit la liturgie, bénites, qu'elles reçoivent un nom et sont présentées, sinon tenues, sur les fonts baptismaux par un parrain et une marraine. Il n'est donc pas sans intérêt de déchiffrer l'inscription d'une cloche. On apprend la date de la fonte, du baptême et de la pose, le nom du curé vivant à cette époque et les noms des principales familles du pays, le parrain et la marraine étant toujours pris parmi les plus notables et les plus considérables de la paroisse. Lorsque ces inscriptions datent de plusieurs siècles, comme cela arrive souvent, elles fournissent des renseignements qui ont leur prix pour l'histoire locale.

M. Rochemure, ayant sans doute fait ces réflexions et d'autres, s'imposa la tâche d'étudier les cloches de trente lieues à la ronde.

Il finit par acquérir en cette matière une expérience remarquable.

Il pouvait, au seul son d'une cloche, dire, à quatre ou cinq années près, la date de la fonte, du baptême et de la pose.

Les cloches les plus anciennes étaient ses préférées. Des modernes, quelques-unes avaient son estime à cause de la qualité du bronze et de l'intensité du son; mais il disait, de la plupart des cloches fondues en ce siècle, que c'était de l'ouvrage de pacotille.

Je me souviens que, voyageant un jour dans la diligence qui va de Lilliers à Sainte-Ursule, nous fîmes route, M. Rochemure et moi, avec un jeune bachelier frais émoulu, nommé Desvergnes, qui attaqua la religion et l'Église à l'aide d'arguments aussi impies que pitoyables. Nous vînmes à passer devant la petite église de Saint-Julien au moment où les cloches sonnaient les funérailles.

Cette circonstance, qui aurait dû faire réfléchir notre jeune libre penseur, ne lui fit nulle impression, puisqu'il continua de plus belle ses diatribes saugrenues.

« Jeune homme, lui dit tout à coup, en l'interrompant, M. Rochemure, vous devriez écouter davantage la filleule de votre arrière-grand'mère.

— Plaît-il? dit Desvergnes, tout abasourdi.

— Oui, je vous répète que vous devriez prêter une oreille plus respectueuse à la voix de la filleule de votre arrière-grand'mère.

— Je ne vous comprends pas, monsieur.

— Alors je vais m'expliquer. La cloche qui sonne en ce moment ce glas funèbre doit faire réfléchir tout chrétien, mais vous plus particulièrement qu'un autre, parce que cette cloche a eu pour marraine, en 1746, Marie-Anne-Joséphine Fromentières, votre arrière-grand'mère. Le parrain fut noble homme Louis-Maurice Durfeuille. Si vous doutez de l'exactitude de ces renseignements, donnez-vous la peine de monter au clocher de Saint-Julien et de parcourir vos papiers de famille.

— Je vous crois, monsieur, répondit le jeune libre penseur; seulement je ne vois pas quel rapport il peut y avoir entre cet événement, aussi simple qu'il est ancien, et mes opinions philosophiques.

— Oh! philosophiques!... dit d'un air narquois M. Rochemure. Votre arrière-grand'mère, en tout cas, n'était
pas de cette philosophie-là, puisqu'elle servait de marraine
à la cloche de son église. Je doute que la digne dame soit
flattée des opinions philosophiques de son arrière-petit-
fils. »

J'intervins, et la discussion en resta là.

« Monsieur Rochemure, dis-je un jour au vieil archéologue, est-ce que la cloche de la Riboissière est bien
ancienne?

— Dites les cloches, répondit-il, car il y en a deux. Elles
ont été fondues ensemble et baptisées le même jour, c'est-
à-dire le 12 avril 1640. Peu de cloches ont autant d'argent
et un son aussi argentin. Les révolutionnaires de 1793 le
savaient bien. Ils essayèrent de les enlever, afin d'en faire
des gros sous. Pendant qu'ils prenaient leurs mesures sur
la place de l'église, une tuile tomba du haut du clocher,
atteignit à la tête un des citoyens et lui fit une blessure des
suites de laquelle il mourut au bout de trois semaines.

« Comme il ne faisait pas de vent, et que la couverture
était en parfait état, on soupçonna quelque aristocrate d'avoir
lancé la tuile.

« Cet événement ne découragea pas pour longtemps les
révolutionnaires. Deux d'entre eux furent envoyés du chef-
lieu du district, avec l'ordre de conduire les cloches de la
Riboissière aux ateliers nationaux de la Monnaie. Il paraît
qu'ils s'attardèrent en route et voyagèrent de nuit. Ce qui
est sûr, c'est qu'ils reçurent une volée de coups de bâton
dont ils restèrent longtemps perclus. On soupçonna la main
qui mania le bâton d'être celle qui lança la tuile. Quoi qu'il
en soit, les deux belles cloches de la Riboissière restèrent
dans leur clocher.

« Les révolutionnaires, ajouta M. Rochemure, sont les
mêmes à toutes les époques. Montrez-leur les dents, et ils
rentreront leurs griffes. »

« Et la cloche de Saint-Sylvestre, dis-je un jour, connaissez-vous sa biographie?

— Sur le bout du doigt, me répondit M. Rochemure.

« C'est une des plus anciennes du département, ou mieux
du diocèse, car département ne doit être employé qu'au
civil, et il faut toujours dire diocèse lorsqu'il s'agit des

choses regardant l'Église. Je vous disais donc que la cloche
de Saint-Sylvestre est fort ancienne, puisqu'elle fut fondue
en 1597 et posée un an après. Ce furent sans doute les
guerres de religion qui retardèrent la pose. Cette belle cloche
eut pour parrain Michel Bonnet de la Bonnetière, et pour
marraine Jeanne de Mermignon.

« Ces deux familles, pour le dire en passant, existent
encore dans le pays; mais elles sont si déchues, que les
Bonnet de la Bonnetière sont domestiques, et les Mermignon réduits à vivre d'aumônes. Il est bien inutile de faire
des révolutions pour dépouiller les riches; l'évolution du
temps y suffit. L'inscription de la cloche de Saint-Sylvestre
donne les noms du charpentier qui fabriqua et posa les
bois nécessaires à la pose. Ce charpentier se nommait
Cibierre. Ses descendants habitent Saint-Sylvestre; l'un
est millionnaire, et l'autre colonel en retraite. Vous voyez
que la roue de la fortune tourne. Mais je me perds dans
toutes ces digressions. Les huguenots ayant voulu, en 1599,
enlever la cloche de Saint-Sylvestre, en furent empêchés
par un orage si violent et si long, que les catholiques
le regardèrent comme miraculeux. Les révolutionnaires
de 1793 ne furent pas plus heureux. A la vérité, ils par-
vinrent à descendre la cloche sur la place attenante à
l'église et à la mettre sur une charrette qui devait la conduire au chef-lieu du district; mais les vaches attelées au
véhicule prirent peur et jetèrent le conducteur sur la route
d'une façon si malheureuse, qu'une des roues lui passa sur
le corps.

« La cloche arriva néanmoins au chef-lieu, où nul ne
voulut la recevoir ni la loger. Elle faisait à ces incrédules
l'effet de l'arche sur les Philistins. On finit par mettre la
cloche sous un hangar, où elle fut oubliée jusqu'au con-
cordat. A cette époque, les gens de Saint-Sylvestre allèrent
la chercher et la ramenèrent triomphalement. Cette fois
les vaches ne prirent pas peur, et leur conducteur n'eut
aucun mal.

« Vous êtes jeune, ajouta le vieillard, et vous pourrez
bien avoir le malheur d'assister à quelque révolution stupide
et sacrilège, qui s'en prendra, comme les précédentes, à
Dieu, à la religion et à l'Église : surveillez la cloche de Saint-
Sylvestre, vous verrez qu'elle fera encore parler d'elle, et

jouera un mauvais tour à ceux qui essayeront d'en faire des
canons et de la monnaie. »

Quoiqu'il aimât peu les cloches modernes, M. Rochemure
faisait une exception en faveur d'une cloche presque neuve,
de grosseur fort médiocre et dont le son n'avait rien de
remarquable. C'était la cloche de Saint-Maurice-le-Long.
Cette paroisse, riche des biens de la terre, manquait tout
à fait de ceux du ciel; le jeu, l'ivrognerie et le blasphème
étaient les moindres défauts des habitants. En vain le curé
les conjura de lui aider à se procurer la cloche dont leur
église était dépourvue. Ils lui rirent au nez; quelques-uns
lui conseillèrent de sonner la messe et les vêpres à l'aide
d'un marteau et d'un chaudron. Le pauvre homme, voyant
qu'il ne fallait pas compter sur ces endurcis, se mit à tremper
son vin et faire durer ses soutanes tant et si bien, qu'il eut
avant de mourir la consolation de doter son église d'une
cloche.

M. Rochemure n'aimait pas seulement les cloches en
archéologue, il les aimait en chrétien et en poète. Que n'ai-
je gardé dans ma mémoire tout ce que je lui ai entendu dire
sur cette matière!

« Voyez-vous, me dit-il un jour, la commune ne signi-
fierait pas grand'chose si elle n'était en même temps la
paroisse. Otez l'église, abattez le clocher, supprimez les
cloches, et rien ne sera plat, triste et morne comme le coin
de la terre natale. C'est l'église, riche ou pauvre, neuve ou
vieille, qui donne au bourg et à la ville leur relief et leur
physionomie. La maison de Dieu domine les autres demeures,
et attire, la première, l'attention du voyageur et du touriste.
Et les cloches? Vous est-il arrivé d'entendre, le dimanche,
en pleine campagne, le carillon de cinq ou six églises
voisines? Il faut être sans âme et sans oreilles pour ne pas
unir sa voix à cette grande et harmonieuse voix de la prière
publique. Je ne sais pas comment on peut avoir le courage
de labourer, de moissonner, de travailler enfin lorsque
les cloches, lancées à toute volée, convient au repos et à la
prière. »

Pauvre M. Rochemure! Il est bien rare que je ne songe
pas à lui lorsque j'entends, là ou là, la voix d'une de ces
cloches qu'il aimait tant.

CONTENTEMENT PASSE RICHESSE

PROVERBE

PERSONNAGES

M. ROMANET, notaire.
M. DES BREGÈRES, riche propriétaire.
M. LOUIS JOMART, dix-neuf ans, secrétaire
de M. des Bregères.

La scène représente le cabinet de M. Romanet.

SCÈNE I

M. ROMANET, LOUIS JOMARD

M. ROMANET. — Eh bien! Louis, es-tu satisfait de ta nouvelle position?

LOUIS. — J'en suis enchanté, monsieur Romanet, et de ma vie je n'oublierai que c'est vous qui me l'avez obtenue.

M. ROMANET. — C'est trop de reconnaissance pour un

léger service. J'aurais voulu, mon enfant, faire davantage pour toi. Mais, outre que tu es très jeune et que ton instruction n'est pas complète, le moindre emploi est assiégé par une nuée de solliciteurs. L'essentiel est que tu sois content.

Louis. — Et je le suis, je vous assure. Quelle heureuse idée vous avez eue de me placer chez un maître qui habite la campagne! Ma santé a doublé aussi bien que l'appétit et la gaieté. Je ne me reconnais plus. Il y a des moments où je suis obligé de me raisonner et de me retenir pour ne pas chanter tout en écrivant sous la dictée de M. des Bregères. Connaissez-vous bien le château de Saint-Julien, monsieur Romanet, et les domaines qui en dépendent?

M. Rodanet. — Oui, c'est-à-dire je connais cette propriété assez pour en savoir le revenu annuel et le prix qu'elle vaut en cas de vente.

Louis. — Et les agréments du logis, et la beauté du site, et la pureté du climat?

M. Romanet, *souriant*. — J'avoue que j'ai vu ce côté de la propriété avec les yeux d'un notaire. Je ne suis plus jeune, et je n'ai jamais été poète.

Louis. — C'est égal, je suis sûr que vous admireriez Saint-Julien si, comme moi, vous l'aviez habité de mars à octobre. Je ne crois pas qu'il existe dans le centre de la France beaucoup de campagnes semblables. Pureté de l'air, immensité de l'horizon, variété d'aspects, tout se réunit pour faire de Saint-Julien un site incomparable. Les détails valent l'ensemble. Ce ne sont que frais vallons, charmantes collines, sources limpides, bois touffus, prairies fleuries et verdoyantes. Vous n'avez pas une idée de la fertilité du sol et de l'abondance du gibier. Il suffit de secouer une branche pour remplir son panier. Le chasseur le plus novice revient, au bout de deux heures, son carnier plein. J'ai cru d'abord que le printemps était à Saint-Julien la plus belle saison de l'année, ensuite je penchai pour l'été; je vois maintenant que c'est l'automne qui l'emporte. Il faut être insensé pour s'enfermer dans ces villes infectes et sous ces toits d'où on n'aperçoit que des cheminées de briques et des couvertures d'ardoises. Merci mille fois, monsieur Romanet, de m'avoir fait entrer dans ce paradis terrestre appelé Saint-Julien.

M. Romanet. — Quand je disais que tu es jeune et poète! Ton beau tableau a des taches, s'il est vrai, comme on me l'a assuré, que les fermiers et métayers de Saint-Julien sont rustiques au point d'être rustres et brutaux.

Louis. — Ce sont là de pures calomnies. Ce n'est pas à moi qu'on viendrait dire cela. Nos paysans, sans être parfaits, valent bien mieux que les populations ouvrières des villes. Ils sont laborieux, économes, respectueux et religieux surtout. L'église est pleine chaque dimanche. Il y a plaisir à voir les bonnes femmes et même les hommes réciter, sans aucune mauvaise honte, leurs rosaires à gros grains. Ce n'est pas comme à la ville, où l'on rougit d'ôter son chapeau au saint Sacrement. Les autorités spirituelles et temporelles sont respectées et obéies à Saint-Julien, au lieu d'être critiquées comme elles le sont dans les centres populeux. M. le curé, M. le maire, M. le percepteur, M. le juge de paix, tous les fonctionnaires, jusqu'au garde champêtre, reçoivent les saluts respectueux de leurs subordonnés. Une chose m'avait déplu au premier abord : nos campagnards parlent un patois que je n'entendais pas du tout. Je commence à l'entendre, et je le trouve charmant : la vraie langue d'oc et le parler des troubadours. Mieux vaut patoiser qu'écorcher et défigurer le français.

M. Romanet. — Et la question des finances?

Louis. — Ah! c'est le côté faible de ma position. Le patron n'a pas encore parlé d'augmenter mon traitement. J'espère que cela ne tardera guère. En attendant, lorsque j'ai payé mon tailleur, mon cordonnier, ma blanchisseuse et ma lingère, il me reste de quoi me payer un cigare chaque jour. En définitive, je ne dois rien à personne, et mon budget est en équilibre. Je suis donc beaucoup plus riche que la France, l'Angleterre et l'Autriche, sans parler de la Turquie et de l'Égypte. Vive la joie et nargue de la rente, des actions, des coupons, des obligations, de l'isthme de Suez, des mines d'Anzin et de tout le bataclan! Je n'avais qu'une ambition, celle de posséder une montre en or. Mon patron a deviné mon vœu et l'a exaucé. Regardez-moi ce bréguet (il tire sa montre), ça ne varie pas d'une seconde, et je puis donner l'heure au soleil. A propos d'heure, je crois

que j'ai oublié de vous dire que M. des Bregères ne tarderait
pas à venir. (*Il prête l'oreille.*) Je crois que le voici. J'ai
bien l'honneur de vous remercier de nouveau, monsieur
Romanet.

M. ROMANET. — Il n'y a pas de quoi, mon enfant.

LOUIS. — Et de vous offrir mes saluts respectueux.

M. ROMANET. — Adieu et au revoir.

(*Louis sort.*)

SCÈNE II

M. ROMANET, M. DES BREGÈRES

M. DES BREGÈRES. — Bonjour, monsieur Romanet.

M. ROMANET. — Votre serviteur dévoué, monsieur des
Bregères. Quel bon vent vous amène?

M. DES BREGÈRES. — Le vent de la vente, — pardonnez-
moi ce calembour : — je suis disposé à céder Saint-Julien
à l'amiable ou aux enchères, en bloc ou en détail. Je m'ennuie à mourir dans ce grand pigeonnier qu'on appelle le
château de M. des Bregères.

M. ROMANET. — C'est pourtant une belle situation que
celle de ce château.

M. DES BREGÈRES. — Oui, on y gèle en hiver et on y brûle
en été. La tempête y fait rage. J'ai cru l'autre jour que le
vent emportait la charpente et la toiture. Je préférerais une
maisonnette bien close, et située dans un vallon tranquille,
à ce grand bâtiment, dont l'entretien me coûte six mille
francs chaque année. La beauté de la vue me causa d'abord
quelque plaisir; mais il y a longtemps que je n'y prends
plus garde. C'est toujours la même chose. Je suis las
de voir sans cesse les mêmes bois, les mêmes rochers, les
mêmes guérets, les mêmes prairies, les mêmes ruisseaux,
le même lever du soleil et le même coucher. Ma maison de

la place Dauphine, à Limoges, était autrement gaie. Pourquoi l'ai-je quittée?

M. ROMANET. — Parce que vous fûtes séduit par la fertilité des domaines de Saint-Julien et l'heureuse situation du château.

M. DES BREGÈRES. — Séduit est bien le mot. J'ai cédé à la diablerie d'un beau jour d'été. Oh! que vous connaissez bien votre métier, messieurs les notaires! Est-ce que j'aurais acheté la terre de Saint-Julien si, au lieu de la visiter à la fin de juin, je l'eusse vue à la fin de janvier? J'ai placé là six cent mille francs qui ne me donnent que deux et demi pour cent. J'aurais cinq pour cent si j'avais acheté de la rente, et davantage en achetant des actions et des obligations de nos grandes lignes.

M. ROMANET. — Sans doute; mais la baisse, mais la diminution des dividendes, vous n'en parlez pas.

M. DES BREGÈRES. — Et la grêle, et la gelée, et le phylloxéra, et l'épizootie, prenez-vous ces fléaux pour des mythes? Je vous répète que j'ai fait une très mauvaise spéculation le jour où j'ai acheté Saint-Julien. Aussi je suis bien résolu à vendre très prochainement cette propriété.

M. ROMANET. — Tant pis! vous serez regretté de vos fermiers et de vos métayers; je ne parle pas de vos voisins, qui vous ont tous en grande estime.

M. DES BREGÈRES. — Vous me flattez, monsieur le notaire; en tout cas, sauf d'honorables exceptions, en tête desquelles vous êtes, je ne regretterai pas les gens de ce pays. Ceux qui se plaignent des vices qui règnent dans les villes crieraient moins fort s'ils avaient pratiqué certains campagnards. Les paysans de cette contrée sont d'une cupidité et d'un égoïsme inouï. Plusieurs paraissent religieux; mais leur religion n'est que du formalisme et de la superstition. Leur langue toute seule suffirait à me les faire prendre en dégoût. Quel charabia! Le patois auvergnat est doux et sonore en comparaison. Ma fille commence à prendre un accent détestable. Bref, je m'ennuie à Saint-Julien et je veux vendre.

M. ROMANET. — Je suis tout à vos ordres. Ma conscience m'oblige cependant à vous conseiller la réflexion. Rappelez-vous tous les motifs que vous m'avez allégués pour acheter

la propriété dont vous voulez maintenant vous défaire. Le
sol reste, disiez-vous; mieux vaut un capital solide et un
revenu moindre.

M. DES BREGÈRES. — J'ai changé de sentiment. Deux et
demi sont un revenu par trop insuffisant. Et puis, je vous
le répète, je m'ennuie à Saint-Julien. Pourtant je verrai, je
réfléchirai; vous faites bien de ne pas me prendre au mot.
Tenez! si les pauvres sont gênés, les riches ont bien eux
aussi leurs embarras, et on nous jalouserait moins si on
nous connaissait mieux.

« Ce n'est pas une tâche facile que celle de gérer une
grande fortune. J'ai traversé des angoisses, des inquiétudes,
des perplexités qui m'ont vieilli avant le temps. Mais que
vous conté-je là? Au revoir, monsieur le notaire. Nous
causerons sérieusement de la vente de Saint-Julien un de
ces jours.

*(Il sort. — Il revient sur ses pas au bout de deux
à trois minutes et dit au notaire :)*

« Rien n'empêche que vous sondiez le terrain en vue
d'une vente. M. le vicomte des Rambures avait envie de
Saint-Julien avant que je l'achetasse. Voyez s'il est toujours
disposé de la même façon. Je vendrai à perte, pourvu que
la perte ne dépasse pas une quarantaine de mille francs.
Cela ne veut pas dire qu'il faille vous presser. Peut-être
même serait-il préférable de ne rien dire à M. des Rambures. Il se ferait prier, et je serais obligé de perdre soixante
à quatre-vingt mille francs; oui, réflexions faites, ne parlez à personne de mon envie de vendre. L'ennui que j'éprouve
à Saint-Julien se passera sans doute. Au revoir, monsieur
le notaire.

(Il sort.)

SCÈNE III

M. ROMANET

M. ROMANET. — Dirait-on que le patron et le secrétaire parlent du même lieu et des mêmes habitants? Pour Louis tout est couleur de rose à Saint-Julien; tout y est en noir aux yeux de M. des Bregères. La fable *le Savetier et le Financier* n'est point une fable : ça est arrivé et ça arrive tous les jours. Le proverbe a raison : « Contentement passe richesse. »

FIN

TABLE

www.ingramcontent.com/pod-product-compliance
Lightning Source LLC
Chambersburg PA
CBHW051130260626
47170CB00005B/1754